葉月奏太

ぼくの女子マネージャー

実業之日本社

実業之日本社文庫

ぼくの女子マネージャー　目次

本書は書き下ろしです。

第一章　リングを穢《けが》す者

1

東京を出発して約二時間半――。

時刻はもうすぐ午後一時になるところだ。

大東館《だいとうかん》大学ボクシング部一行を乗せたマイクロバスは、伊豆《いず》半島のとある砂浜沿いの道路を走っていた。

雲ひとつない青空がひろがっており、まさに海水浴日和だ。

八月の眩《まばゆ》い日差しが降り注ぐなか、砂浜にはレモンイエローや情熱的な赤、スカイブルーなど色とりどりの水着に身を包んだ若者たちが大勢いる。ビーチマットに横たわって身体《からだ》を焼く者、砂浜でバレーボールを楽しむ者、浮き輪をつけて海をフワフワ漂う者などさまざまだ。

小暮陽太《こぐれようた》の視線は、当然ながらビキニ姿の女性に吸い寄せられる。

基本的に色白の女性が好みだが、小麦色に焼けた肌も悪くない。揺れる乳房やくびれた腰、プリッとした尻を思わず凝視した。

「よし、今日からは小麦色派に転向するぞ」

ふいに陽太の心の声を代弁するような声が聞こえた。

隣の席に座っている長谷川慎二《はせがわしんじ》だ。先ほどまで鼾《いびき》をかいて寝ていたのに、いつの間にか目を爛々《らんらん》と輝かせて砂浜の女性を見つめている。どうやら、奴《やつ》のスケベレーダーが、ビキニ美女に反応したらしい。

「おっ、あの娘《こ》のケツ、でかくていいな」

慎二が身をグッと乗り出した。

「えっ、どれどれ」

「ああっ、もう通り過ぎちゃったよ。陽太はケツよりおっぱい派だろ」

「そうだけどさ、でかいって言われれば反応するよ」

陽太はとっさに反論する。

そこに素晴らしいものがあるなら、しっかり拝んでおきたいと思うのは男の性《さが》というやつだ。

「結局、ケツでもおっぱいでも、どっちでもいいんじゃないか」

「そうでもないぞ。大きさが重要だ。でかければ、でかいほうがいい。大は小を兼ねるって言うだろ」

「なるほど、言えてるな」

陽太の言葉に、慎二は深くうなずいた。

なぜか慎二とは馬が合う。とくに女性の話になると盛りあがる。趣味は違うがこんな会話が楽しくてならない。

陽太も慎二も二年生だ。彼女がほしいが、部活に打ちこんでいるため余裕がない。ふたりとも二十歳になったが、いまだに童貞だ。欲望がありあまっているので、ビキニ美女で賑《にぎ》わう砂浜はたまらなく魅力的に映った。

「おまえたち、なに騒いでるんだ。海水浴に来たんじゃないぞ」

前の席に座っているキャプテンの立花和樹《たちばなかずき》が振り返る。

和樹は三年生なので、夏合宿に参加するのは今回が最後だ。だから、なおさら気合が入っている。和樹は毎年十一月に開催されている全日本ボクシング選手権での優勝を、最大の目標に掲げていた。

「夏合宿でがんばれば、大きく変わることだってあるんだ」

和樹は自分自身に言い聞かせるように語った。

そう、自分たちは遊ぶために伊豆に来たわけではない。これから毎年恒例の夏合宿がはじまる。四泊五日の日程でボクシング漬けの毎日を送り、徹底的に鍛えあげるのだ。

砂浜での走りこみで足腰をいじめ抜く。さらには近くの大学のリングを借りての実戦練習もある。とにかく、厳しくなるのは間違いなかった。

「キャプテンの言うとおりよ。水着くらいではしゃぐんじゃないわよ」

和樹に同調したのは、三年生の西野光莉《にしのひかり》だ。

通路を挟んだ向こう側の席に座っている。女子部員は三名と少ないが、光莉は頭ひとつ飛び抜けている。和樹と同じく全日本ボクシング選手権で優勝することが目標だ。

口が悪くて厳しいところがあるが、切れ長の瞳が印象的で整った顔立ちをしている。黒髪のショートカットがボーイッシュで、黙っていればクールな美少女といった感じだ。男子だけではなく、女子からも人気がある。バレンタインデーには、下級生からチョコレートをもらって困っていた。

（光莉先輩のファンって、結構いるんだよな……）

陽太は心のなかでつぶやき、横目でチラ見した。

性格は男勝りだが、Tシャツの胸もとはふんわりと盛りあがっている。がさつそうに見えるが、ちょっとした仕草は女性らしい。そのギャップが魅力で、ときどきドキリとさせられた。

光莉がほっそりした指で、髪をそっと耳にかける。

その瞬間、隣の慎二が喉をゴクリッと盛大に鳴らした。慎二も光莉の仕草に惹《ひ》きつけられていたに違いない。

（おいっ、おまえ、ふざけるなよ）

陽太が横目でにらみつけると、慎二はいたずらが見つかった子供のように肩をすくめた。

「ちょっと、あなたたち聞いてるの？」

光莉の目つきが鋭くなる。とたんに陽太と慎二は表情を引きしめて、背筋をピンッと伸ばした。

「来年からは、あなたたちがボクシング部を背負っていくのよ。しっかりしてくれないと困るわ。亜美《あみ》ちゃんもそう思うでしょ」

光莉は隣に座っている白石《しらいし》亜美に語りかける。

「はい……そうですね」

亜美は困ったような笑みを浮かべた。

この状況では同意するしかないだろう。亜美は陽太たちと同じ二年生で、ボクシング部唯一のマネージャーだ。セミロングの黒髪が艶々しており、はにかんだ笑みを浮かべている。

(やっぱり、かわいいな……)

陽太は思わず亜美の顔をじっと見つめた。

ボクシングとは無縁そうな、愛らしい顔立ちをしている。見た目だけではなく性格もやさしくて、スポーツとはいえ殴り合いをする場にはふさわしくないのではと思うほどだ。

実際、最初は誰かがスパーリングで鼻血を出すたびにオロオロしていた。そんな亜美だが、応援したい気持ちは強いらしい。今では部員たちの体のケアから練習スケジュールの管理まで、しっかりできるようになっていた。

「でも、きっと陽太くんたちなら、がんばってくれると思います」

亜美がか細い声でつぶやいた。

やさしいだけではなく、自分の意志もしっかり持っている。だからこそ、泥臭い体育会系クラブでマネージャーが務まるのだろう。

「あなたたち聞いたわね。亜美ちゃんがこう言ってくれてるんだから、がんばりなさいよ」

光莉に発破をかけられて、陽太と慎二は再び姿勢を正した。

「はいっ」

「がんばりますっ」

返事をしながら慎二が横目で陽太をにらんだ。

その目を見ただけでわかる。亜美の口から陽太の名前しか出なかったことが不満なのだ。亜美の言葉に深い意味はないと思う。だが、陽太はほんの少しだけ優越感に浸ることができた。

（亜美……）

心のなかで名前を呼ぶだけで気持ちが高揚する。

じつは入部したときから、亜美のことが気になっていた。ひと目見た瞬間に惹かれて、それから密《ひそ》かにずっと想《おも》いつづけている。

しかし、ボクシング部での自分の立ち位置を考えると、告白などとてもできない。体育会系のクラブなので、学年と強さがすべての基準になるのは仕方のないことだ。

陽太は大学に入ってからボクシングをはじめた。殴り合いの喧嘩《けんか》もしたことがなかったが、昔から強さに憧れがあった。とはいえ、ボクシング部は経験者が多いので、最初は厳しい練習についていくのでやっとだった。それでも、強くなりたい一心で耐えてきた。脱落していく者も多いなかで、陽太が今日までがんばれたのは、亜美の存在も大きかった。

いつか大会で優勝して亜美に告白したい。練習を重ねる日々のなかで、そんな目標ができた。だから、この夏合宿にかける気持ちは、先輩たちにも負けないつもりだ。

だが、さすがに全日本ボクシング選手権で優勝するのはむずかしい。そこで目標に掲げたのは関東ブロック予選だ。

優勝すれば全日本ボクシング選手権への出場権が得られるため、レベルの高い大会になる。ボクシング経験がわずか一年半しかない陽太が勝つのは、そう簡単なことではない。

(でも、必ず勝ってみせる)

あらためて心に誓う。

そのとき、亜美の白いTシャツに包まれた胸もとが目に入った。清純そのものといった雰囲気だが、乳房はかなりのサイズだ。こんもり盛りあがっており、ついつい視線が吸い寄せられた。

「おい、どこ見てるんだよ」

慎二が肘で脇腹を小突いてニヤリと笑う。

陽太が亜美の乳房に見惚《みと》れているのに気づいたらしい。おちゃらけているようで、周囲のことをよく見ている。その観察力がボクシングの強さにも表れている気がした。

慎二は高校時代からボクシングをやっており、インターハイでも上位に食いこむ成績を収めている。階級こそ違うが、陽太とは最初から比べものにならないほどの差があった。

「慎二の目標を教えろよ」

「なんだよ、急に……全日本に決まってるだろ」

慎二の表情が引き締まる。

ボクシングのことに関しては人一倍まじめだ。なにしろ、慎二はプロを目指しているのだ。当然ながら全日本ボクシング選手権に出場するだけではなく、優勝するのが目標だ。

「だよな……慎二はすごいよな」

「おまえだって、がんばってるじゃないか。未経験者で残ってるのは、結局、陽太だけだぞ」

確かに慎二の言うとおりだ。

技術はまだまだだが、根性はそこそこあると思う。なんとか亜美に認められるくらい強くなりたかった。

「もうすぐだな」

慎二の声で、窓の外に視線を向ける。

マイクロバスは砂浜沿いの道から脇道に入ったところだ。林のなかの登り坂を進んで、途中にある小さな駐車場に滑りこんだ。

おなじみの旅館、三宮《さんぐう》荘に到着した。

歴史を感じさせる瓦屋根の二階建てで、なかなか趣がある。海から少し離れているため、若者たちの浮かれた空気は感じられない。大学のスポーツ合宿を積極的に受け入れている宿で、団体割引で宿泊できる。大東館大学のボクシング部は創部以来、毎年お世話になっていた。

「あの人、もう来てるよ」

窓から外を見た慎二がポツリとつぶやいた。

宿の入口に視線を向けると、そこには本城賢治《ほんじょうけんじ》の姿があった。ジーンズに白いポロシャツという爽やかな服装で、腰に手を当てて玄関の前に立っている。駐車場に停《と》まっている赤いスポーツカーは本城のものだ。二枚目を絵に描いたような本城によく似合っていた。

本城は大東館大学ボクシング部のOBで、現在は社会人として競技をつづけている。全日本ボクシング選手権のバンタム級で、大学三年のときから三連覇しているアマチュアエリートだ。

自身の四連覇に向けた練習と後輩たちへの指導をかねて、特別コーチとして夏合宿に参加することになっていた。

「本城先輩の練習、きついんだよな……」

慎二の言葉には実感がこもっている。

昨年の夏合宿にも本城は参加しているのだ。かつて経験したことがないほどどきつかったが、ひとまわり大きく成長できた気がした。

本城は夏合宿以外でも、ときどき大学に来て練習をしている。そういうときは必ず後輩たちにも指導をしてくれるのだ。しかし、練習が厳しくなるのは毎度のことだった。

「愚痴をこぼすんじゃないぞ。こうしてマイクロバスで移動できるのも、本城先輩が活躍してくれるおかげだからな」

和樹が再び振り返る。

確かに、以前は電車と路線バスでの移動が基本だった。しかし、本城が三連覇したことで、多大な恩恵を受けている。

OBたちの期待が高まって、後輩たちをもっと応援しようという雰囲気になっていた。その結果、寄付金が多く集まり、マイクロバスをチャーターできるようになったのだ。

バスが停車して、全員が降りると本城の前で整列する。男子部員たちは緊張の面持ちになり、女子部員たちは憧れの表情を浮かべていた。

「本城先輩、よろしくお願いします！」

和樹の音頭で、全員がいっせいに頭をさげる。

ふだんは体育会系にしては緩い雰囲気のクラブだが、ＯＢを前にすると一変する。ましてや本城はアマチュアボクシング界のスーパースターだ。緊張しないはずがなかった。

「みんな、久しぶりだね。今年もよろしく」

本城は白い歯を見せて爽やかな笑みを浮かべる。

やさしげな雰囲気の先輩だ。だが、練習になると鬼コーチに豹変《ひょうへん》することを誰もが知っている。ボクシングに関しては誰よりも厳しかった。

「部屋に荷物を置いたら、着がえてロビーに集合だ」

和樹の指示で、全員が宿に入っていく。

玄関は広くて正面にロビーがあり、年季の入った板張りの廊下が奥まで延びている。室内は冷房がついているわけでもないのに、ひんやりしており過ごしやすそうだ。

「いらっしゃいませ。お待ちしておりました」

腰を深々と折って挨拶したのは三十前後と思われる女性だ。

白いブラウスに焦げ茶のフレアスカートを穿《は》いている。落ち着いた雰囲気が魅力的で、部員たちは思わず見惚れていた。

「若女将《わかおかみ》の三宮萌々子《ももこ》です。よろしくお願い申しあげます」

穏やかな声で自己紹介すると微笑を浮かべる。

去年は着物姿の年配の女性が女将だったが、体調を崩して療養中だという。そのため、結婚して東京で暮らしていた娘の萌々子が、急遽《きゅうきょ》、二か月前から若女将として働いているらしい。

夫は会社員で仕事があるので、萌々子だけが単身赴任のような形で戻ってきているようだ。

「至らないところもあると思いますが、精いっぱいおもてなしさせていただきます」

「こ、こちらこそ、よろしくお願いします」

キャプテンの和樹が緊張ぎみに挨拶する。

そのうしろでは、ほかの男子部員たちが直立不動で萌々子の顔をうっとり見つめていた。

「まったく、男って……」

光莉が呆《あき》れたようにつぶやき、亜美は困ったような微笑を浮かべている。

（亜美が見てる……）

陽太は慌てて表情を引きしめる。そして、自分は萌々子など気にしていないというふりをして部屋に向かった。

2

部屋に荷物を置いて、ランニングシャツとボクシング用のトランクスに着がえてロビーへと急いだ。

部員たちとマネージャー、それに特別コーチの本城が集まると、一キロほど離れた場所にある伊豆産業大学に向けて出発する。もちろん、歩くのではなくランニングなので五分少々の道のりだ。

夏合宿のときは、いつも伊豆産業大学ボクシング部のリングを借りている。この時期、先方の部員たちは夏休みなので貸切状態だ。

キャプテンを先頭にボクシング部員たちが走り出す。

周囲は林で頭上には木の枝が張り出している。直射日光が遮られるので、東京よりはずっと涼しい。陽太は集団の後方をついていく。本当はもう少しスピードをあげられるが、さらにうしろを走っている亜美が気になった。

「大丈夫か？」

振り返って声をかける。

亜美は運動が苦手で、ついてくるのがやっとだ。マネージャーなので走る必要はない。キャプテンにも歩いてくるように言われているが、責任感が強いので練習に遅れないように走っているのだ。

「う、うん……大丈夫」

亜美は苦しげな表情を浮かべている。

すでに汗だくになっており、かなりきつそうだ。それでも走ることをやめようとしなかった。

「無理するなよ。歩いたっていいんだぞ」

「平気よ。これくらい……」

なにを言っても亜美は強がるばかりだ。

陽太が話しかけても、いつもこんな調子で反発する。だから、つい陽太もむきになってしまう。

「いいから歩けよ。おまえが倒れたら、みんなが迷惑するんだぞ」

言った直後に後悔する。

どうして、もっとやさしい言いかたができないのだろうか。亜美のことを想っているのに、本人を目の前にすると素直になれない。心配しているのに、それをうまく伝えられなかった。

「もう放っておいてよ」

亜美の声が大きくなる。苦しそうにしながらも、陽太の言動にむっとしているのがわかった。

「おい、なにしゃべってる」

前方から鋭い声が聞こえた。

特別コーチの本城だ。みんなの動きをしっかりチェックしている。走る速度を落とすと、陽太たちに近づいた。

「マネージャーが苦しそうだったので声をかけました」

陽太は走りながら答える。

すると、本城は小さくうなずいて亜美に視線を向けた。そして、併走しながら顔色を確認する。

「亜美ちゃんは走らなくていいよ」

「で、でも……み、みんなが……」

亜美が息を切らしながらつぶやく。まだ走るのをやめようとしない。

「マネージャーは選手たちのサポートが仕事だよ。少しくらい遅れても問題ないよ。具合が悪くなったら元も子もないだろう。いっしょに歩こうか」

本城がやさしく声をかけると、亜美はようやく走るのをやめて歩き出した。

（俺が言ってもやめなかったくせに……）

内心むっとするが、仕方ないこともわかっている。本城に言われたら、亜美も意地を張るわけにはいかなかった。

陽太も走るスピードを落とす。いっしょに歩くつもりだったが、すかさず本城が鋭い視線を向けた。

「キミはしっかり走るんだ」

「でも……」

「亜美ちゃんには俺がついてる」

心配だったが、そう言われたらまかせるしかなかった。

仕方なく速度をあげて、前を走る集団に追いつく。背後を振り返れば、本城と亜美が肩を並べて歩いていた。距離がやけに近いのが気になる。肩と肩が触れそうになっていた。

（なんだよ……）

おもしろくなかったが、とにかく走るしかない。

本城は大学に練習に来るたび、やたらと亜美に話しかけている。考えすぎかもしれないが、狙っているような気がしてならなかった。

どうも本城とは相性が悪い。

ボクシングが強いうえに二枚目で、男として完全に負けている。だが、どうしてもそれを認めたくなかった。

反抗的な態度を取った覚えはないが、もしかしたら気持ちが滲《にじ》み出ているのかもしれない。ふだんは温厚な性格の本城だが、陽太に対してだけは言動に棘《とげ》が感じられた。

本城と亜美のことが気になってしかたがない。だが、今はとにかく走るしかなかった。

やがて伊豆産業大学のキャンパスに到着した。

ボクシング部のジムは体育館の裏手にある。大きなプレハブの建物で、しっかり吊《つる》したリングはもちろん、サンドバッグが五つ吊されていて、パンチングボールもある。スペースも広く取ってあり、練習するには充分な環境だ。

「よし、まずはシャドーで体をほぐすぞ」

和樹の指示で全員が両手にバンテージを巻くと、さっそくシャドーボクシングをはじめる。

三年生はリングだが、二年生以下はリング下のスペースで行う。和樹や慎二などの有力選手は、パンチのスピードが明らかに違う。シュッ、シュッという息を吐く音に、拳が空気を切る音が重なった。

陽太も壁に設置された大きな鏡の前に立ち、懸命にパンチを繰り出す。コンビネーションの基本であるワンツーを中心に、ときおりフックやアッパーも織りまぜる。

シャドーボクシングは、なれてくると気を抜きがちだ。

相手がいるスパーリングはもちろん、見た目にもわかりやすいサンドバッグやミット打ちはごまかしがきかない。だが、シャドーボクシングは自分しだいなので、無意識のうちに力を抜いてしまうことがある。

だが、陽太はこの一年、真剣にシャドーボクシングに取り組んできた。誰よりも集中していたと自負している。というのも、昨年の夏合宿で本城に怒られた経験があるからだ。

——ダラダラやるな！

みんなの前で一喝されて、ひどく悔しい思いをした。

自分では真剣にやっているつもりだった。強くなりたい気持ちで、必死にやってきたはずだった。

だが、その一方で腐りかけていたのも事実だ。

いっしょに入部した慎二は経験者なので、サンドバッグ打ちやスパーリングをバンバンやっていた。しかし、陽太は初心者だったため、シャドーボクシングしかやらせてもらえなかった。

地味な練習ばかりで飽きていた。今にして思えば、その気持ちを見透かされたのだろう。

ボクシングをはじめたばかりのころは、シャドーをやるだけで練習後に腕があがらなくなっていた。よけいな力が入っていた証拠だが、それは必死にやった結果でもある。

意識して力を抜くようにしたところ、軽快にパンチを出せるようになった。だが、いつしかなれてしまったらしい。自分でも気づかないうちに、なんとなくパンチを出すだけのシャドーになっていた。

——基本を疎《おろそ》かにするな。大事なのは前の手だ。

本城は何度も同じ言葉をくり返した。

前の手とは、オーソドックススタイルの陽太の場合は左手のことを指す。つまり、左ジャブを練習しろということだ。

とにかくシャドーボクシングばかりをやらされた。

シャドーといっても、左ジャブだけだ。あまりにも陽太の基礎がなっていないので、呆れられたのかもしれない。結局、去年の夏合宿は基礎練習だけで終わってしまった。ほかの部員はサンドバッグやミットを打っているのに理不尽な気がした。

夏合宿が終わっても練習内容は変わらない。本城がキャプテンに伝えた練習しかやらせてもらえなかった。

初心者の陽太は基本を身につけるため、シャドーで左ジャブばかりを打ちつづけた。左ジャブを打ってはバックステップして防御の姿勢を取る。これを何か月もくり返して動きを体に染みこませた。

——そろそろワンツーを練習しろ。

秋になって大学を訪れた本城は、陽太を見るなりそう言った。

左ジャブが身についたと思ったのだろうか。それからは、来る日も来る日も左ジャブからの右ストレートだけを徹底的に練習した。

本城に怒られた直後は反発を覚えたが、時間が経つにつれてシャドーボクシングの大切さがわかってきた。

悔しいけれど、本城の指摘は的確だ。

基本中の基本であるワンツーを身につけただけで、スパーリングでいい勝負ができるようになってきた。左ジャブを軽くでも当てることで、右ストレートの命中率があがったのだ。

右ストレートが当たれば、さらにそのあとのフックやボディも狙うことができる。ジャブを身につけたことで、一気に攻撃の幅がひろがった。すべてはシャドーで学んだことだった。

だから、今でもシャドーボクシングを大切にしている。

鏡を見ながら、相手が目の前にいることを意識してコンビネーションを繰り出す。鏡に映る自分を仮想の敵に見立てるのだ。

攻撃だけではなく、防御も意識しなければならない。ガードを決してさげないようにして、頭の位置を常に動かしつづける。そうすることで相手に的を絞らせない。なにより、攻防が一体になった動きが重要だ。

ボディ打ちに耐えられるように、地道に腹筋も鍛えてきた。ほかの部員たちのようにスパーリングをたくさんやらせてもらえないので、基礎練習にあてる時間はたっぷりあった。

一年前、本城に指摘されたことで、トレーニング方法を見直した。

その結果、他大学との練習試合でもときどき勝てるようになり、力がついてきたことを実感している。

とはいっても、全日本での優勝を狙う部員たちとは比べものにならない。ましてや本城は雲の上の存在だ。

(でも、いつか俺も……)

全日本で優勝を狙える選手になりたいと思っている。

誰にも言ったことはないが、目標は同じバンタム級の本城に勝つことだ。もともとやるからには日本一になりたいと思っていた。

だが、今はそれだけではない。本城が亜美に話しかけるのを見るたび、胸の奥がもやもやする。本城にだけは亜美を取られたくない。いつしか本城のことをライバル視するようになっていた。

シャドーボクシングを三ラウンド終えたとき、本城と亜美が到着した。時間をかけて、ゆっくり歩いてきたようだ。亜美はすっかり顔色が戻り、口もとには笑みすら浮かんでいた。

（ずいぶん楽しそうだな……）

陽太は思わず腹のなかでつぶやく。

亜美が元気になって安心するが、本城も笑っているのが気に入らない。ふたりでどんな話をしながら歩いてきたのだろうか。

いつか本城に勝ちたい。

腹の底に秘めていた思いが大きくなる。とはいっても、陽太はまったく相手にされていない。スパーリングすら一度もやったことがなかった。

いつか対戦する日が来るのだろうか。

本城は昨年度の優勝者なので、日本連盟推薦選手として全日本ボクシング選手権に出場できる。だから、陽太が関東ブロックの予選に出場しても対戦することはない。実際のところ、同じ階級とはいえ、公式戦でふたりが当たる可能性は限りなく低かった。

本城がリングにあがり、シャドーボクシングをはじめる。パンチはもちろん、フットワークがまるで違う。前後左右にすばやく動きながら、鋭いコンビネーションを繰り出す。誰もが練習を中断して、本城の動きに注目した。

「やっぱり速いな……勝てる気がしないよ」

近くにいた慎二がつぶやいた。

慎二は本城よりも体重が軽いフライ級だ。基本的に軽い階級のほうが動きは速くなり、重い階級のほうが遅くなる。それなのに慎二は、本城のスピードに驚愕《きょうがく》していた。

「慎二のほうが速いだろ……」

陽太は思わず横から口を挟んだ。

確かに本城の動きは速い。しかし、慎二も負けていないのではないか。階級は異なるが、陽太は慎二と何度もスパーリングを重ねてきた。とはいっても、実力に大きな差があるので慎二は本気ではない。それでも、慎二のスピードは身をもって知っていた。

「本城先輩も速いけど、おまえのほうが速く見えるぞ」

「実際に対戦したら違う感想になるよ。本城先輩はパンチを打つときに、モーションがまったくないんだ。あれは簡単そうに見えてむずかしい。ノーモーションだから、面と向かったらパンチが速く感じるんだ」

慎二の解説を聞いて納得する。

高校時代からたくさんの実戦を経験してきたからこそ、本城のパンチのすごさがわかるのだろう。

だが、攻略法はあるはずだ。同じ人間なのだから勝つ方法はきっとある。今は敵《かな》わないかもしれないが、可能性はゼロではない。挑戦する前からあきらめたくなかった。

（俺だって……）

陽太はリングの上の本城を見つめながらシャドーを再開する。

いつか対戦したい。その日のために、全身全霊をこめて練習をする。目の前に本城がいることを想像して懸命にワンツーを繰り出した。

さらに交代でサンドバッグやミット打ちをして、この日の練習は終了だ。

まだ初日なのでスパーリングは行わない。まずは基本の動きを確認することに終始した。

「晩ご飯は七時からです。それまでは各自自由に過ごしてください」

マネージャーの亜美がスケジュールを告げる。

部員たちがジムからバラバラと出ていく。練習を終えて誰もがほっとした顔をしている。だが、陽太は厳しい表情のまま亜美に歩み寄った。

「もう少し練習したいから、ジムの鍵を貸してくれよ」

そう言って、バンテージを巻いたままの右手を差し出す。

ジムの鍵を管理しているのはマネージャーだ。シャドーボクシングならどこでもできるが、サンドバッグを使いたい。パンチ力をつけるには、サンドバッグを打つのがいちばんだ。

「キャプテンの許可はもらったの？」

亜美がそう言って小首をかしげる。

「秘密特訓なんだから言うはずないだろ」

陽太は堂々と言い放った。

キャプテンが許可するはずがない。ひとりで練習をさせて、怪我《けが》でもしたら問題になる。キャプテンは自分の練習だけに集中すればよいわけではない。部員たちの安全管理もしなければならないのだ。

「キャプテンの許可がないならダメよ」

「俺は強くなりたいんだよ。この夏合宿にかけてるんだ」

「ダメなものはダメよ」

亜美の返事はきっぱりしている。

キャプテンの了解がないのだから当然だ。だが、こういう展開になることは最初から想定していた。

「俺は関東ブロック予選で優勝することを目標にしてるんだ。おまえは俺を応援してないのか」

「もちろん、応援してるよ」

亜美が即答する。

陽太に対して特別な感情があるわけではない。マネージャーとして部員を応援しているという意味だ。しかし、頬がほんのり桜色に染まって見えるのは気のせいだろうか。

「俺が勝ち進むためには、今、サンドバッグ打ちをして、パンチ力を強化する必要があるんだ。シャドーだけじゃパンチ力はつかないんだぞ。俺が優勝できなかったら、練習をさせてくれなかった亜美のせいだからな」

「そんなこと言われても……」

一気にまくし立てると亜美が怯《ひる》むのがわかった。

「大学に入ってからボクシングをはじめた俺は、みんなと差があるんだ。この差を埋めるには練習するしかないんだよ。亜美だって近くで見てきたんだから、それくらいわかるだろ？」

「う、うん……陽太くんが一所懸命に練習していたのは知ってるよ」

勢いに押されて亜美がこっくりうなずいた。

ここが勝負どころだ。チャンスにＫＯを狙ってパンチのラッシュをしかけるように、一気に言葉をたたみかける。

「俺は今年にかけてるんだ。なにがなんでも勝ちたい。この夏にしっかり練習して、関東ブロックで優勝すれば――」

そこまで言って、慌てて口を閉じる。

危うく秘密の目標を口走るところだった。関東ブロック予選で優勝したら、亜美に告白するつもりだ。受け入れてもらえるかはわからないが、とにかく自分の想いを告げると決めていた。

「優勝すれば……なに？」

「そ、その次は全日本だ」

秘密の目標を明かすわけにはいかない。ごまかすために全日本ボクシング選手権が目標だと告げた。

「そこまで考えてるんだね。でも、陽太くんの階級って……」

今度は亜美が言いよどんだ。

本城のことを思い出したに違いない。陽太が全日本に出場すれば、本城と試合をする可能性があるのだ。

（亜美……おまえはどっちを……）

もし対戦が実現したら、亜美はどちらを応援するのだろうか。

本城と楽しげに会話している姿を思い出して、腹の底から抑えきれない嫉妬がこみあげる。本城にだけは負けたくない。そんな思いに突き動かされて、再び口を開いた。

「そうだよ。バンタム級には本城先輩が出る。俺が強くなれば、対戦するときが来るかもしれない。だから、いつか試合をする前提で練習してるんだ。俺は本城先輩をぶっ倒したいんだ」

勢いにまかせて、ついよけいなことまで言ってしまう。

本城は全日本三連覇の誰もが認める強豪だ。それを理解しているうえで勝ちたいと思っている。だが、口に出せば笑われるのは間違いない。それがわかっているから、これまで誰にも話さなかったのだ。

(やばい、口が滑った……)

失敗したと思って口を閉ざす。

亜美も黙りこんでいる。笑い出すかと思って覚悟するが、なにやら神妙な顔になっていた。

「わ、笑いたければ笑えよ。どうせ、ダメだと思ってるんだろ。そりゃあ、簡単なことじゃないのはわかってるさ――」

「笑ったりしないよ」

慌てる陽太の声を、亜美が落ち着いた声で遮った。

「本気なんだね……わかった」

根負けしたようにつぶやくと、ジムの鍵をすっと差し出す。

亜美は笑うこともなければ、呆れた顔をすることもない。なぜか瞳が潤んでいるのが気になった。

「いいのかよ……」

陽太のほうが慌ててしまう。

いったい、どうしたというのだろうか。鍵を借りることはできたが、なにか釈然としなかった。

「怪我だけはしないでね。約束だよ」

「お、おう……わかってるって」

「戸締まり忘れないでよ。晩ご飯までに戻ってきてね」

亜美は念を押すと、あっさりジムから出ていこうとする。

「おい、亜美……」

思わず声をかけた。

亜美が立ちどまって振り返る。だが、どうして呼びとめたのか自分でもわからない。考えてみれば、ふたりきりで話す機会はめったになかった。本当はもう少しいっしょにいたかった。

「あ、あのさ……サンキューな」

なにか言わなければと思って口を開いた。

「絶対、強くなってよね」

亜美はそう言うと、ジムから出ていった。

これで残っているのは陽太だけになる。亜美の考えていることは今ひとつわからない。とにかく、とにかく練習あるのみだ。なかなか素直になれないが、やはり亜美と話すのは楽しかった。

3

体が冷えてしまったので、軽くシャドーをして温める。

そして、そろそろサンドバッグ打ちをはじめようとしたとき、外で話す声が聞こえた。

「どうして、明かりがついてるの？」

「まだ誰かいるんじゃないか」

男女の声だ。誰かはわからないが、ドアのすぐそこまで迫っていた。

（やばいぞ……）

部員の誰かが忘れ物でもして戻ってきたのではないか。

ひとりきりでの練習は禁止されている。自分が怒られるだけなら構わないが、鍵を貸してくれた亜美にも迷惑がかかってしまう。

とっさに周囲を見まわして隠れる場所を探す。そして、ジムの奥にあるトイレのドアを開けてなかに入った。だが、すぐに失敗したと思う。もしトイレを使おうとして戻ってきたのなら一巻の終わりだ。しかし、場所を変える間もなく、ジムのドアがガチャッと開く音が聞こえた。

「あら、鍵がかかってないわ」

光莉の声だ。

陽太はトイレのドアを数ミリだけ開けて、隙間に右目を寄せた。リングのロープごしに、光莉の姿が見えた。

「明かりがつけっぱなしのうえに、鍵もかかってないのか」

さらに本城もジムのなかに入ってくる。

ふたりは不思議そうに室内を見まわすが、忘れ物を探している様子はない。なにをするために戻ってきたのだろうか。

（どうして、あのふたりが……）

素朴な疑問が脳裏に浮かんだ。

本城が特定の部員と親しくしているイメージはない。誰もが気を使って接しており、本城のほうも一線を引いていようだ。それなのに、どうして光莉とふたりきりなのだろうか。

（なんか、おかしいな……）

陽太は不思議に思いながら、ジムのふたりに視線を向けた。

「きっと亜美ちゃんが鍵をかけ忘れたのね」

光莉はそう言いながらリングに腰かける。

「俺のほうから亜美ちゃんに注意しておくよ。キャプテンには言わないほうがいいな。彼はまじめすぎるから、亜美ちゃんが怒られちゃうよ」

本城が爽やかな笑みを浮かべる。

それを聞いた瞬間、陽太の心はざわついた。亜美と話す理由ができて、内心では喜んでいるのではないか。やはり亜美を狙っているに違いない。本城の考えを想像すると、なにやら落ち着かなくなった。

「ずいぶん亜美ちゃんのことを庇《かば》うんですね」

光莉が不服そうにつぶやく。拗《す》ねたような表情を浮かべて、本城の目をじっと見つめている。

「焼き餅かい？」

本城がからかうように声をかける。

サンドバッグに寄りかかったポーズが気障《きざ》ったらしい。いちいち格好つけるのが鼻についた。

「そんなんじゃありません」

光莉はそう言うが、いつもの迫力はない。それどころか、言い返す声には、どこか媚《こ》びるような響きが含まれていた。

「それじゃあ、話ってなんだい？」

口もとに笑みを浮かべて本城が尋ねる。

「それは……」

光莉は言いよどんで、視線を落とした。すると、本城が歩み寄り、光莉のすぐ隣に座った。

陽太が潜んでいるトイレに背中を向ける格好だ。

それでも、ふたりは横を向いて見つめ合っているので、かろうじて表情を確認できる。本城は余裕たっぷりの笑みを浮かべているが、光莉は緊張しているのか頬がこわばっていた。

「俺に大切な話があるから呼びとめたんだろう。ほかの人に聞かれたくない話なんじゃないか？」

どうやら図星だったらしい。本城が尋ねると、光莉は頬を赤く染めて微《かす》かにうなずいた。

（光莉先輩、もしかして……）

なんとなく状況がわかった気がする。

光莉は本城に告白するつもりではないか。そのために旅館へ戻ろうとしている本城を引きとめたのだ。そして、ジムに明かりがついていることに気づいて、様子を見に来たのではないか。

「本城先輩……好きです」

光莉が耳までまっ赤にしながら告白する。

目には涙が滲んでおり、唇が小刻みに震えていた。きっと勇気を振り絞ったに違いない。それがはっきりわかるから、たまたま居合わせた陽太の胸はせつなく締めつけられた。

「おつき合い、してください」

「悪いけど、それはできないな」

本城はあっさり言い放った。

「そんな……」

「今はボクシングのことしか頭にない。女の子と遊ぶ暇があるなら、サンドバッグをたたくよ」

「でも、たまには息抜きをしたって……」

「息抜きなんていらない。俺は全日本選手権で四連覇をして、そのあとは世界選手権とオリンピックを狙ってるんだ。恋愛なんて邪魔なだけだよ。そもそもキミには興味がないいんだ」

身も蓋もない言いかただ。

光莉のことなど、まるで眼中にないらしい。それどころか恋愛をする気もないという。震えながら告白した光莉の想いなど、この男にとってはどうでもいいことなのだろう。

「もし亜美ちゃんに告白されても、同じことを言うんですか？」

光莉が悔しそうな顔をして質問する。

どうやら、本城は亜美に気があると思っているらしい。陽太も光莉と同じことを考えていたので、本城がどう答えるのか気になった。

「俺は誰ともつき合わないよ」

「本当ですか。亜美ちゃんでもつき合わないんですか」

「しつこい女は嫌われるぞ」

突き放すように言うと、本城は立ちあがる。

そして、玄関に向かって歩きはじめた。このまま光莉をひとり残して、立ち去るつもりらしい。

(ひどいな……)

陽太は心のなかで吐き捨てた。

いくらなんでも、もう少し言いかたがあるのではないか。光莉が気の毒でならないが、見ていることしかできなかった。

「待ってくださいっ」

光莉も立ちあがると、本城に駆け寄る。

まだあきらめていないらしい。試合でも見せるガッツを出して、本城の背中に抱きついた。

「わたし、なんでもします。だから……だ、だから……」

最後のほうは涙で声が震えてしまう。

それでも、光莉の熱い気持ちは伝わったらしい。本城は立ちどまり、ゆっくりと振り返った。

「なんでもするなんて、軽々しく言うものじゃないよ」

諭すように語りかける。

だが、本城の様子がいつもと違う。練習中の厳しい表情でもなければ、ふだんの爽やかな笑顔でもない。目つきが鋭くなっており、口もとには妖しげな笑みが浮かんでいた。

4

(なんか、おかしいぞ……)

陽太は思わず眉間に皺《しわ》を寄せる。

いつもの本城ではない。そう感じた次の瞬間、本城は振り返るなり、光莉の唇を奪った。

(お、おいっ……)

危うく声が出そうになり、ギリギリのところで呑みこんだ。

本城の手が光莉の後頭部を抱えて、唇がぴったり重なっている。信じられないことにキスをしているのだ。

「ちょ、ちょっと……」

光莉が両手で本城の胸板を押し返す。

唇は離れるが、本城は光莉の腰を抱えたまま離さない。ふたりは身体を寄せたまま、至近距離で見つめ合っている状態だ。

「な、なにするんですか？」

光莉は声を震わせながら抗議する。

突然のことにとまどっているのは明らかだ。瞳には困惑の色が浮かび、表情からは疑念さえ感じられる。いくら好きな相手でも、フラれた直後にキスをされて不信感を抱いていた。

「こうしてほしかったんだろう？」

本城はそう言うと、再び唇を重ねようとする。ところが、光莉は首をよじってキスを拒絶した。

「や、やめてください……」

「なんでもするって言ったじゃないか」

「そ、それは……」

光莉は顔をそむけたままだ。しかし、本城の腕を振り払うわけでもなく、なぜかじっとしていた。

「わたしに興味ないんですよね……」

苦しげな声だった。

先ほどの言葉が心に引っかかっているのだろう。冷たく突き放されたのだから当然だ。

「気が変わったんだよ。なんでもしてくれる女の子は好きだよ」

本城は口もとに余裕たっぷりの笑みを浮かべている。

よくそんな調子のいいことが言えるものだ。フッた直後だというのに、いったいどういうつもりだろうか。

（最低だな……）

陽太は腹のなかで吐き捨てた。

しかし、光莉はしばらく黙りこんでいたが、やがて本城の言葉に縋《すが》るように顔を正面に向ける。潤んだ瞳で見つめると、まるで口づけをねだるように顎をほんの少し持ちあげた。

「素直になればいいんだよ」

本城はニヤリと笑って、再び唇を重ねる。

先ほどとは異なる遠慮のない激しいキスだ。いきなり舌を伸ばすと、光莉の唇を割って口内に忍ばせる。粘膜を舐《な》めまわしているのか、ピチャッ、クチュッという湿った音がジムのなかに響いた。

「ンンっ……」

光莉は眉をせつなげな八の字に歪《ゆが》めている。

複雑な想いがあるのかもしれないが、無理やりやられているのではない。本城のキスを自ら受け入れている。もう顔をそむけることなく、されるがままになっていた。

「はンンっ」

光莉の唇から甘い声が漏れる。

本城に舌をからめとられて、唾液ごとジュルジュルと吸われていた。そんなことをされても、まったくいやがる様子はなかった。

(どうして、こんなことに……)

陽太はトイレのドアの隙間から、ふたりがディープキスするのを呆然《ぼうぜん》と眺めていた。

童貞でキスの経験もない陽太には、刺激の強すぎる場面だ。

いつしか光莉も舌をのぞかせて、本城の口のなかに挿し入れている。甘い吐息を漏らしながら、男の口内をしゃぶりまわしていた。

ふたりとも知り合いというのが、なんとも背徳的で興奮を誘う。キスを見ているだけで、陽太のペニスはガチガチに固くなり、ボクシング用のトランクスの前が大きなテントを張っていた。

「リングにあがろうか」

口を離すと、本城が語りかける。そして、自分だけ立ちあがり、ロープを潜《くぐ》ってリングのなかに入った。

「なにをするんですか？」

光莉は疑問を口にしながらも、本城につづいてロープを潜る。

ふたりとも練習着のランニングシャツにトランクスという格好だ。まるでスパーリングがはじまりそうだが、もちろんそんなはずはない。

「口でやってもらおうか」

本城はリングの中央で仁王立ちすると、はっきりそう告げた。

「そ、そんな……」

光莉がとまどいの声を漏らす。

なにを要求されているのか、すぐに悟ったらしい。困惑の表情を浮かべて、首をゆるゆると左右に振った。

「なんでもするんだろう？」

本城の口もとには笑みが浮かんでいる。

自分のほうが圧倒的に有利だとわかっているのだ。だからこそ、理不尽な要求を突きつけているのだろう。

「リングの上では……」

光莉は行為だけではなく、リング上ということも気にしている。

仮にもボクシング部員なのだから当然だ。リングの上で淫らなことをするのは抵抗があるのだろう。

「リングの上だから、興奮するんじゃないか」

本城の口から驚きの言葉が発せられる。

こんな男がアマチュアエリートと呼ばれているのだ。ボクシングを冒瀆《ぼうとく》する行為は許されない。

「本城先輩がそんなことを言う人だったなんて……」

光莉は悔しげに下唇を噛《か》むと、本城の顔をにらみつけた。

（いくらなんでも……）

陽太も怒りを覚える。

惚《ほ》れた弱みにつけこむとは最低だ。しかも、リングの上で淫らな行為をさせようとしているのだ。光莉は女子ながら本気でボクシングに取り組んでいる。だからこそ本城に憧れたに違いない。彼女が受けたショックを考えると気の毒でならなかった。

「俺を満足させれば考えてやるぞ」

本城はそう言って股間を突き出す。

もしかしたら、女性に対してはいつもこういう態度なのかもしれない。見ているだけで不愉快になる。

（いくら好きでも……）

あんな男に従うべきではない。一刻も早くこの場から立ち去るべきだ。そう思ったときだった。

光莉が本城の前でひざまずいた。

両手をトランクスにかけると、ボクサーブリーフといっしょに引きさげる。すると、まだ柔らかいペニスが露《あらわ》になった。

「やってくれるんだね」

本城が声をかける。

光莉は答える代わりに、右手の指を竿《さお》に巻きつけた。ゆったりとスライドさせて、少しずつ刺激を加えていく。

「いいよ。その調子だ」

本城がうれしそうにささやいた。

その直後、ペニスがむくむくとふくらみはじめる。竿があっという間に太くなり、亀頭が膨張して上を向いた。ペニスは雄々しく反り返り、竿には青スジが浮かびあがった。

「ああっ、すごいです」

光莉がうっとりしたような声を漏らす。

男根に触れるのは、はじめてではないらしい。なれた手つきで太幹をしごいて快感を送りこむ。ペニスはますます硬くなり、亀頭の先端から透明な汁が溢《あふ》れ出した。

「そろそろ口でやってくれ」

本城が抑揚のない声で命じる。

光莉がとまどったのは一瞬だけで、顔をゆっくり股間に寄せると亀頭にチュッと口づけした。

「すごく熱いです。本城さんのこれ……」

譫言《うわごと》のようにつぶやき、亀頭をぱっくり咥《くわ》えこむ。唇を竿に密着させると、すぐに首を振りはじめた。

「ンっ……ンっ……」

微かに鼻を鳴らして、ペニスをしゃぶっている。竿の表面を唇が滑るたび、ニチュッ、クチュッという湿った音まで聞こえた。

（あの光莉先輩が……）

陽太は信じられない思いで見つめていた。

ふだんは男勝りの光莉が、ひざまずいて男根に奉仕している。練習のあとの汗くさいペニスを口に含んでいるのだ。好きな男の前だと、これほどまでに従順になってしまうものなのだろうか。

（それにしても……）

艶《なま》めかしい光景を食い入るように見つめてしまう。

ナマのフェラチオを見るのははじめてだ。ＡＶやインターネットとは比べものにならない迫力がある。衝撃的な光景を目の当たりにして、もう視線をそらせなかった。

「本城先輩、気持ちよくなってください」

光莉はペニスを口に含んだまま、くぐもった声でつぶやいた。

上目遣いに本城の顔を確認しながら、首をゆったり振っている。奉仕をするのがうれしいのか、それとも気に入られたくて仕方ないのか、光莉は決して休もうとしなかった。

「ずいぶん、うまいじゃないか。はじめてじゃないんだな」

本城が不機嫌そうに吐き捨てた。

自分で命じてやらせたのに、うまいことが気に入らないらしい。よくわからないが、期待していたものとは違ったようだ。

「俺は初心《うぶ》な女のほうが好きなんだよ」

本城はペニスをしゃぶる光莉を見おろして言い放った。

この状況で、よくそんなことが言えるものだ。どこまで自分勝手な男なのだろうか。

5

「もういいよ」

本城は腰を引くと、ペニスを光莉の口から抜き取った。

「あンっ……本城先輩？」

光莉が不安げな瞳で見あげる。

嫌われたのではないかと気にしているらしい。本城の言動から察するに、光莉は好みのタイプではないのだろう。

「服を脱げよ」

「ここで、ですか？」

光莉が躊躇《ちゅうちょ》して聞き返す。

裸になるだけでも抵抗があるはずだ。しかも、リングの上だということが、光莉を苦しめていた。

それでも、本城に気に入られたいという女心が勝ったらしい。光莉は立ちあがると、恥じらいながらもランニングシャツをゆっくりまくりあげて、頭から抜き取った。

乳房を覆っているのは白いスポーツブラだ。双《ふた》つのふくらみが、期待を煽《あお》り立てる。さらにトランクスもおろして、スポーティな白いショーツが露になる。恥丘にぴったり張りついており、肉厚のふくらみがはっきりわかった。

「全部だぞ。裸になるんだ」

本城が早くしろとばかりに命じる。

「ひどいです……」

光莉は抗議するような瞳を向けるが、それは一瞬だけだ。

結局、スポーツブラを取り去り、ほどよいサイズの乳房が剝《む》き出しになる。大きすぎず小さすぎず、手のひらにちょうど収まりそうだ。乳首はピンクで、まだ触れてもいないのにツンッと屹立《きつりつ》していた。

ショーツもおろして、左右のつま先から交互に抜き取った。

引き締まったプリッとした尻が露出する。恥丘はこんもりしており、陰毛は逆三角形に整えられていた。

ボクシングで鍛えられた女体は見事に引き締まっている。とくに、くびれた腰とうっすら割れている腹筋が美しい。

（こ、これが、光莉先輩の……）
陽太は瞬《まばた》きするのも忘れて見つめていた。
はじめてナマで目にする女体だ。ＯＢが最低のことをしているのはわかってい
るが、妖しい期待がふくらんでいた。
「ロープをつかんで尻をこっちに向けるんだ」
本城が声をかける。
すると、光莉は羞恥に頬を染めながらもロープをつかんだ。顔がトイレの方を
向く格好だ。おかげで陽太は光莉の表情をはっきり確認できる。潤んだ瞳に期待
が滲んでいるのがわかるから、ただ見ていることしかできなかった。
「本当にここで……」
「なにを勘違いしてるんだ。俺は特別コーチだぞ。今からボクシングの特訓をし
てやる」
本城はそう言いながら、光莉の背後に移動する。そして、両手をくびれた腰に
添えると、くすぐるようにサワサワと撫《な》でまわした。
「あンっ……や、やめてください」
「なにがやめてくださいだ。期待してるんだろう？」

「あっ……固いのが当たってます」

光莉が顔を赤くして腰をよじる。

だが、本気で逃げようとしているわけではない。ロープをしっかりつかんだまま放そうとしなかった。

「俺のパンチをよけてみろ。いくぞ」

本城はそう言うなり、腰をグイッと突き出した。

「ダ、ダメですっ、はあああぁッ」

艶めかしい声がほとばしる。

ペニスが膣《ちつ》のなかに入ったらしい。光莉は尻を突き出した姿勢で、背中を大きく仰《の》け反《ぞ》らせた。

「よけろと言っただろう。防御を練習する必要があるな」

「こ、こんなの無理です」

光莉が不服そうにつぶやく。すると、本城が腰を力強く突き出した。

「口答えするんじゃないっ」

「あううッ……つ、強いです」

ペニスが深い場所まで入りこんだらしい。女体がビクッと反応して、光莉の顔が跳ねあがった。

「おいおい、なかはぐっしょりじゃないか。おまえ、結構、遊んでるだろ」

「あ、遊んでなんかいません……ずっと前に、ひとりだけつき合った人がいるだけです」

光莉が弁明するが、本城は聞く耳を持たない。突きこんだペニスを小刻みに出し入れして、膣のなかをかきまわす。

「ああっ、ダ、ダメです」

「ダメとか言って感じてるじゃないか。男遊びなんてしてないで、ボクシングに集中するんだ。防御の特訓をしてやる」

本城が本格的に腰を振りはじめた。

リズミカルに股間を突き出して、ペニスをグイグイ抜き挿しする。湿った音が聞こえるのは、愛蜜が大量に溢れているからだろうか。光莉の表情がせつなげに歪み、半開きになった唇から切れぎれの声が溢れ出した。

「あっ……あっ……」

「喘《あえ》いでないで、俺のジャブをしっかりかわすんだ」

「そ、そんなこと言われても……ああっ」

光莉が困惑の声を漏らす。

すでにペニスは膣のなかに入っているのだ。それをピストンされたら、よけるもなにもない。膣のなかをズボズボとかきまわされて、女体がどんどん仰け反っていく。

「ああぁッ、は、激しいですっ」

「俺の高速ジャブはどうだ」

「あぁッ、す、すごい……あぁあッ、すごいですっ」

もはや光莉は完全に感じている。ロープをつかんで尻を突き出した姿勢で、ただ喘ぐだけになっていた。

背後から突かれるたびに、ほどよいサイズの乳房がタプタプ揺れる。乳首はこれでもかと充血して、ピンク色が濃くなっている。乳輪までドーム状に盛りあがり、感じているのは一目瞭然だ。

「はあぁンっ、も、もうダメになりそうです」

光莉がたまらなそうにつぶやき、背後を振り返る。

感じすぎて限界が迫っているのかもしれない。ロープを握る手に力が入り、身体が小刻みに震えていた。

「簡単にあきらめるな。試合終了のゴングが鳴るまで、カウンターを狙いつづけるんだ」

もっともらしいことを言っているが、本城は欲望まる出しで腰を力強く振っている。ペニスを深く突きこみながら光莉の背中に覆いかぶさり、両手で乳房を揉《も》みはじめた。

「あああッ、そ、そこはダメぇっ」

光莉の唇から甘ったるい声が溢れ出す。

乳首を摘《つ》まれたことで、明らかに反応が大きくなる。膝が今にもくずおれそうなほどガクガク震えて、女体がさらに反り返った。

「あああッ、も、もう許してください」

「あきらめるな。俺のパンチにカウンターを合わせろ」

本城はさらに強いピストンを繰り出す。ペニスを激しく出し入れすると、膣口から響く湿った音が大きくなった。

「カ、カウンターって言われても……はあああンッ」

光莉が困惑の声を漏らして身をよじる。

この状況でカウンターと言われても意味がわからない。だが、本城は激しいピストンでラッシュをしかける。

「このままだとKO負けだぞっ」

「は、激しいっ……はンンンッ」

次の瞬間、光莉の全身に力が入る。鍛えあげられた筋肉が盛りあがり、美しいシルエットを描き出した。

「くううッ……す、すごい締めつけだ」

本城が呻《うめ》き声を漏らす。

ペニスを突きこんだ瞬間、膣で締めつけられたらしい。本城も全身を硬直させて、押し寄せる快感を耐え忍んだ。

「これがおまえのカウンターか。悪くないが、まだまだだな」

本城が腰を激しく振りはじめる。ペニスをグイグイ出し入れして、膣のなかを思いきりかきまわす。

「あああッ、も、もうダメですっ、はあああッ」

光莉の喘ぎ声が切羽つまる。

リングの上での立ちバックで快楽に溺れていく。最後の瞬間が迫っているのか突き出した尻に痙攣《けいれん》が走った。

「いいぞっ、もっと締めつけろっ」

「せ、先輩っ、あああああッ、い、いいですっ」

快感を抑えられないのか、もはや光莉は手放しで喘いでいる。激しいピストンに流されて、ついに女体が感電したように震え出した。

「はあああッ、も、もうっ、あああああッ、もうイッちゃいますっ」

「俺が出すと同時にイクんだ。出すぞっ、出すぞっ、おおおおおおッ！」

本城が獣のような唸《うな》り声とともに射精を開始する。腰を密着させて、ペニスを根もとまで挿入した状態でザーメンを注ぎこんだ。

「あああああッ、あ、熱いっ、あああああッ、はああああああああああッ！」

光莉は顎を跳ねあげると、艶めかしい声を振りまいた。汗ばんだ背中を反り返らせて、絶頂の大波に呑みこまれる。よほど感じているのか、半開きになった唇の端から透明な涎《よだ》れが溢れて、白いマットに滴り落ちた。

（なんだよ、これ……）

陽太は心のなかで唸った。

本城と光莉の交わりをのぞき見て、複雑な思いが湧きあがっている。神聖なリングを穢す者を許せない。激しく憤る一方で、陽太はトランクスとボクサーブリーフをおろして、勃起したペニスを握りしめていた。

トイレの床には放出したばかりの精液が湯気を立てている。憤りを覚えながらもオナニーしたことで、自己嫌悪が胸にひろがっていた。

「俺は先に戻ってるよ」

本城の声が聞こえて、再びドアの隙間に右目を寄せる。

光莉は全裸のままリング上にへたりこんで横座りしており、本城はすでに身なりを整えていた。

もう光莉のことなどどうでもいいらしい。本城はロープを潜ると、リングの下に降り立った。そして、振り返ることなく歩いていく。

「本城先輩……」

光莉が消え入りそうな声で語りかける。すると、ジムから出ていこうとしていた本城が振り返った。

「つき合って、もらえるんですか……」

きっと勇気を振り絞ったに違いない。光莉の声はますます小さくなり、ようやく聞き取れるほどになっていた。

「俺がキミとつき合うはずないだろう。でも、意外とよかったから、たまには使ってやるよ」

信じられないセリフを吐くと、本城はそのままジムをあとにした。

「そ、そんな……うっぅぅっ」

ひとり残された光莉が嗚咽《おえつ》を漏らす。

一縷《いちる》の望みにかけて、言われるまま身体を差し出した。それなのに、あっさりフラれてしまった。

本城は最初からつき合うつもりなどなかったのだろう。光莉の気持ちを利用して、身体を欲望のままに貪ったのだ。

（なんてやつだ……）

思わず心のなかで吐き捨てた。

ボクシングに関しては尊敬している。だが、人間性には問題があるのは間違いない。

ジムには光莉のすすり泣きが響いている。

のぞいていたことを知られるわけにはいかない。陽太は出るに出られず、トイレにこもっているしかなかった。

第二章　左を制する者は

1

合宿二日目の朝――。

午前五時、スマートフォンのアラームの音で目が覚めた。

夏合宿の朝は早い。今日からいよいよ本格的な練習がはじまるのだ。陽太は布団のなかで伸びをすると、体をゆっくり起こした。

宿の部屋割りは基本的にふたりひと組で、陽太は慎二と相部屋だ。

十畳の和室には座卓とテレビ、それに電気ポットなどがある。ユニットバスもあるが、大浴場があるので使うことはないだろう。古さは否めないが掃除は行き届いており、居心地はよかった。

亜美は光莉と同部屋だと聞いている。女子の部屋に遊びに行きたいが、それは固く禁じられていた。

食事は大広間で摂《と》ることになっている。大浴場は温泉なのもありがたい。ハードな練習で疲れた体をゆっくり癒すことができる。ボクシングに専念できる素晴らしい環境だ。

しかし、陽太は今ひとつ寝不足だった。

昨日、偶然目撃してしまった光景が頭から離れない。何度か目が覚めて、そのたびに光莉が喘《あえ》いでいる顔を思い出した。

本城が立ち去ったあと、光莉がひとりで泣いていた姿が忘れられない。ふだんは勝ち気なだけに、涙を流す表情がなおさら悲しげに映った。

光莉はしばらく泣いたあと、服を身につけてジムをあとにした。

陽太は少し時間を置いてから宿に戻った。結局、シャドーボクシングを少しやっただけで、目的のサンドバッグ打ちはできなかったが仕方ない。とんでもない現場に遭遇して、激しく動揺していた。

（まさか、本城先輩があんなことを……）

思わず奥歯をギリッと噛《か》んだ。

爽やかなスポーツマンといった印象の本城が、後輩の女子部員をもてあそんだのだ。本来ならキャプテンに報告するべきだと思う。だが、光莉の心情を考えると誰にも話せなかった。

光莉は恋心を利用され身体《からだ》を奪われた。

だが、セックスしているときの表情は幸せそうだった。あんな状況でも、好きな男に抱かれるのはうれしいのだろうか。

（あいつ、亜美のことも……）

昨日からいやな予感が頭のなかで渦巻いている。

本城は亜美のことを気に入っているようだ。亜美のほうは、本城のことをどう思っているのかわからない。だが、本城はいずれ亜美にも手を出すつもりではないか。それを考えると気が気でなかった。

「慎二、朝だぞ」

隣の布団で鼾《いびき》をかいている慎二に声をかける。

アラームの音はマックスに設定していたが、それでも慎二はまったく起きる気配がない。あの大音量のなか、よく眠れるものだと感心する。どんな環境にも適応できる図太い男だ。

（おまえがうらやましいよ……）

陽太は心のなかでつぶやいた。

自分も慎二のように図太ければ、昨日のことも忘れられたかもしれない。しかし、どうしても気になって落ち着かなかった。

「おい、起きろって」

枕を投げると、慎二の顔面に命中した。

スパーリングでは、ほとんどまともなパンチを受けない慎二だが、さすがに今は無防備だ。もろに枕を顔面で受けて、目を白黒させながら体を起こした。

「な、なんだ？」

状況がまったくわかっていないようだ。

夏合宿に来ていることも忘れたのか、不思議そうに部屋のなかをキョロキョロ見まわしている。

「朝だぞ。急がないと怒られるぞ」

陽太の言葉で、ようやく状況を理解したらしい。慎二は慌てて立ちあがり、急いで着がえはじめた。

「やばいっ、遅れると練習がきつくなる。本城先輩を怒らせると怖いからな」

慎二の口から本城の名前が出てはっとする。

まだ夏合宿ははじまったばかりだ。毎日、本城と顔を合わせると思うと気が重かった。

2

ボクシング部員たちは早朝の砂浜に集合した。

今日もいい天気だ。まだ午前五時半ということで空気も澄んでおり、じつに気持ちがいい。最高の海水浴日和だが、海に入る予定はない。

ボクシング部員は全員がジャージにTシャツという服装だ。これから砂浜で走りこみを行うのだ。

夏合宿は、朝練、午前練、午後練の三部制になっている。今から行うのは朝練だ。地味ではあるが、スタミナアップだけではなく、下半身を鍛えることでパンチ力アップにもつながる大切な練習だ。

この時間、海水浴をしている者はほとんどいない。しかも、ここは砂浜の端のほうで、少し行ったところは岩場になっている。そのため、なおさら一般の人は少なかった。

「各自、準備運動をしろ」

海をバックにキャプテンの和樹が指示を出す。

和樹の隣には本城もいる。なにごともなかったように、微笑を浮かべて部員たちを見まわしていた。

（あいつ、どういうつもりなんだ）

陽太は思わず腹のなかでつぶやく。

とてもではないが平常心ではいられない。昨夜の邪悪な姿が脳裏に浮かび、本城を見る目が鋭くなった。

「おい、陽太。怖い顔してどうしたんだよ」

慎二がからかうように声をかける。

無意識のうちに、怒りが表情に出ていたらしい。光莉がどんな顔をしているのか気になり、部員たちを見まわした。

驚いたことに、光莉は本城の目の前に立っていた。

昨日はあんなに泣いていたのに、今は微笑すら浮かべて本城の顔を見つめている。すっかり元気を取り戻したらしい。以前と同じように、憧れの人を前にして瞳をキラキラ輝かせていた。

(まさか、まだ本城先輩のことを……)

陽太はわけがわからず眉間に縦皺《たてじわ》を刻みこんだ。

考えてみれば、光莉は決してあきらめない粘り強いボクシングが持ち味だ。あれくらいでは、へこたれないのかもしれない。

「そうか。陽太もこの夏にかけるって言ってたもんな」

慎二がひとりで納得したようにつぶやいた。

陽太がいつまでも険しい表情をしているので、気合が入っていると勘違いしたらしい。勝手に解釈すると、俺も負けてられないとばかりに真剣な表情でストレッチをはじめた。

(亜美、気をつけろよ)

陽太も体をほぐしながら、さりげなく亜美に視線を向ける。

亜美は青いジャージの上下に身を包み、キャプテンの横に立っていた。ノートを開いて、なにやら確認している。今日の練習メニューだろうか。まじめな顔も相変わらず愛らしい。

思わず見惚《みと》れそうになったとき、亜美に近づく人影に気がついた。

「今日の練習メニューかい？」

なれなれしく話しかけたのは本城だ。

亜美のすぐ隣に立ち、ノートをのぞきこむ。そのとき、ふたりの顔が急接近して、キスをするのではないかと思ってドキッとした。

（お、おいっ……）

危うく声が出そうになる。

本城の裏の顔を知っているだけに、亜美のことが心配だ。できるだけ近づけたくなかった。

「午後はスパーが中心だね」

「はい。キャプテンと話し合って、今回の合宿ではスパーリングでの実戦練習に重点を置くことになっています」

亜美がはきはきと答える。

なにも知らないのだから仕方ないが、本城と言葉を交わしてほしくない。可能な限り、ふたりの接点を減らしたかった。

（どうすればいいんだ……）

横から話しかければ、本城の機嫌を損ねるのは目に見えている。もっと自然な感じで、ふたりを引き離したかった。

「キャプテンっ！」

陽太は悩んだすえに勢いよく手をあげた。

「どうした？」

和樹が驚いた顔をする。

ほかの部員たちも、いきなり大きな声をあげた陽太に注目した。見つめられて緊張感が一気に高まる。注目されるのは苦手だが、それでも亜美を守るために口を開いた。

「早く走りましょう。時間を無駄にしたくないんです」

頬をこわばらせながら告げる。

練習がはじまれば、本城も参加するはずだ。そうすれば亜美のそばから離れると踏んでいた。

「やる気満々だな。ようし、さっそく走るぞ」

和樹は満足げにうなずくと、みんなに向かって指示を出す。まずは全員でのランニングがはじまった。

先頭を走るのは和樹と本城だ。ふたりのペースは速いので、ついていくのはかなりきつい。しかも砂浜なので足を取られて、かなり体力を使う。整備されたグラウンドやアスファルトを走るのとはまったく違った。

「陽太っ、おまえのせいで走る距離が伸びたじゃないか」

隣を走る慎二が文句を言う。

先ほどまでやる気になっていたのに、走るのはきらいらしい。確かにジムワークは気合が入るが、地味なランニングは楽しくなかった。

「強くなるためだろ。俺はみんなのことを思って提案したんだぞ」

陽太は真剣な顔を作って語りかける。

本当は亜美を守りたかっただけだ。部員たちのことなど考えていないが、とっさにそういうことにした。

「慎二は全日本が目標だろ。スタミナをつけておけば、少しは役に立つんじゃないかと思ってさ」

「おまえ、そこまで考えて……やっぱり、いいやつだな」

慎二は感動したようにつぶやき、気合を入れて走り出す。

じつに単純な男だ。素直なところが、慎二の長所のひとつかもしれない。人当たりもいいので、慎二は友達が多かった。

（悪いな……）

心のなかで謝罪して走りつづける。

亜美を守ろうとしたことを話すとなると、本城が光莉になにをしたのか説明しなければならない。だが、光莉の名誉のためにも、自分だけの秘密にすると決めていた。

それに亜美に片想《かたおも》いしていることは、慎二にも打ち明けていない。高望みをするなと言われそうで黙っていた。

ランニングは三十分ほどで終わり、次は砂浜でのダッシュだ。

「ふたりずつで競走だ。負けた者はもう一本だ」

和樹の指示で五十メートル走がはじまる。

速く走ろうと思えば思うほど、足が砂に埋まってしまう。脚の筋肉をかなり使うが、これがパンチ力のアップにつながる。地面をしっかり蹴ることで、拳に力が加わるのだ。

「陽太、勝負だ」

「受けて立つぜ」

慎二と陽太が位置につく。

スタートの合図を出すのは、マネージャーの亜美だ。ふたりの準備が整ったのを見て、高くあげた右手を振りおろす。

「用意、スタート！」

ふたりはいっせいに走り出す。

手を抜くことのない全力疾走だ。ボクシングでは敵《かな》わないが、走るだけなら勝てる可能性がある。この一年で体力はかなりアップしているはずだ。必死に走った結果、ゴールの手前で慎二をかわすことができた。

そのあともつづけて五回走ったが、すべて陽太が勝利した。懸命に練習してきた成果が出たらしい。

「や、やるな……」

慎二が砂浜に倒れこんで悔しげにつぶやく。

だが、陽太も息が切れており、まともに話せる状態ではない。それでも、勝ったことで満足していた。

「小暮くん、速いね」

名前を呼ばれてはっとする。

目を開けると、すぐそばに本城が立っていた。青い空をバックに笑みを浮かべている。だが、目は笑っていないのが気になった。

「今度は俺とやらないか」

そんなことを言われるとは驚きだ。

本城はボクシングの技術はもちろん、基礎体力もずば抜けている。ダッシュでも筋力でも、勝てる者はいない。だから、陽太が勝負を挑まれたことで全員が意外そうな顔をしていた。

「わかりました」

不思議に思いながらも体を起こす。

どうして自分が指名されたのだろうか。慎二に勝ったからといって、本城が意識するほどではないはずだ。みんなに注目されているなかで走りたくないが、本城に言われたら断るわけにはいかなかった。

並んでスタート位置につくと、亜美が右手をあげる。そのとき、本城が亜美をチラリと見た。

（もしかして……）

ふといやな予感がこみあげる。

自分はダシに使われようとしているのではないか。わざとみんなの前で声をかけて注目されるシチュエーションを作り、カッコよく勝利して亜美にアピールする。そんなことを考えているのではないか。

（それなら、負けられない）

気合が入って合図に備える。

亜美に勝つところを見せたいのは陽太も同じだ。本城にだけは、どうしても負けたくなかった。

「準備はいいですか。用意、スタート！」

亜美の合図で走り出す。

出だしは本城が速い。いきなりリードされて焦るが、懸命に追いかける。それほど離されていない。ゴールの手前で、なんとか横に並んだ。

（よし、いけるぞ）

そう思った直後、足が砂に取られてしまう。

「うわっ……」

前のめりに転倒して、顔から砂浜に突っこんだ。

「なにやってんだよぉっ」

慎二がおおげさに叫ぶのが聞こえる。それがきっかけで、部員たちの間から笑い声があがった。

（クソッ……）

陽太は起きあがると、拳を砂浜にたたきつけた。

転ばなければゴール直前で抜くことができたと思う。だが、勝負にもしもはない。なにを言っても負け惜しみになるだけだ。

「やっぱり、本城先輩はすごいね」

光莉が喜んでいる。

あんなことがあったのに、好きな気持ちには変わりがないらしい。

ほかの部員たちも盛りあがっている。本性を知らないのだから仕方ないが、誰もが本城のことを応援していた。

（あとちょっとだったのに……）

腹のなかで吐き捨てた直後だった。

「小暮くん、次回もう一度だ」

本城が歩み寄ってつぶやいた。

陽太にだけ聞こえる小さな声だ。沸きあがる部員たちとは裏腹に、悔しげな表情を浮かべている。あのままでは抜かれていたと本人がいちばんよくわかっているのではないか。だから、再び勝負を挑んできたに違いない。

「陽太、大丈夫か。派手に転んだな」

和樹が近づいてくる。そして、陽太の顔をのぞきこむと楽しげに笑った。

「顔が砂だらけだぞ。海で洗ってこい」

「はい……」

陽太は立ちあがると海に向かう。

背中に本城の視線を感じる。振り向いて確認しなくても、にらまれているとわかった。なにをむきになっているのだろうか。

だが、今は本城のことより、亜美の反応が気になった。

スタート地点に立っている亜美を見やる。すると、みんなといっしょに盛りあがることなく、複雑そうな表情を浮かべていた。

(どっちを応援してたんだよ……)

心のなかで問いかける。

亜美の表情からは読み取れない。本城が抜かれそうだったのが悔しいのか、あるいは転倒した陽太を憐《あわ》れんでいるのか。

（それとも、俺を応援してたのか？）

いくら考えてもわからない。

とにかく、勝って亜美にアピールしたかった。それができなかったのは残念でならなかった。

朝練は午前八時に終了した。

五十メートルの全力走を二十本、百メートルの全力走を十本、さらにシャトルランが十本。きつい練習ではあるが朝練は遊びの要素もあり、どこか和やかな雰囲気が漂っていた。

いったん宿に戻り、シャワーを浴びて朝食を摂る。そのあとは午前練に備えて休憩だ。

午前練は十時半から十二時まで、大学のジムを借りてフォームの確認をメインに行う。シャドーボクシングとミット打ちが中心だ。朝練のときの和やかな雰囲気とは一変して、みんな真剣な表情になる。本城の指導もあり、基本練習を疎《おろそ》かにする者はいなかった。

午前練のあとは宿に戻り、シャワーを浴びてから昼食だ。そして、再び午後練まで休憩する。疲労がたまっているので、部屋で横になればあっという間に眠りに落ちた。

3

午後二時になり午後練がはじまる。

大学のジムを借りてのスパーリングだ。

とはいっても、リングにあがるのはふたりだけなので、ほかの部員はサンドバッグ打ちやシャドーボクシングで体を動かしつづける。そして、自分の出番が来るとリングにあがるのだ。

スパーリングは強い選手が優先される。大きな試合で勝たなければならないので仕方ないが、陽太のように実績のない者はなかなか順番がまわってこない。実戦練習を積みたくても、できないのが実情だった。

だが、この一年、陽太は腐ることなくサンドバッグを打ちつづけてきた。

スパーリングができなくても、パンチ力をつけることはできる。そう信じてサンドバッグ打ちに専念した。

すると、ときどき手応えのあるパンチを打てるようになってきた。サンドバッグをたたいたときの音や衝撃が変化したのだ。

足で床をしっかり蹴り、拳に体重を乗せて一気に打ち抜く。理屈ではわかっているが、毎回できるわけではない。よかったときの感覚を思い出して、それを再現できるように何度も何度も練習した。

声がかからないまま練習時間が終わりに近づく。

一回もスパーリングをやらないのは、さすがに淋《さび》しい。夏合宿に来た意味が半減すると思ったときだった。

「小暮くん、リングにあがってくれ」

本城から声がかかった。

リングの上にいるのは本城と和樹だ。まさか本城がスパーリング相手ではないだろう。

「キャプテンとですか……」

念のため確認する。

実力差があまりにもあるため、これまで和樹とはほとんどスパーリングをしたことがなかった。最後にやったのはいつだろうか。もしかしたら、一年くらい前かもしれない。

「そうだよ。キミならできるだろう?」

本城の言葉はどこか挑発的だ。

どういうつもりで言っているのだろうか。もしかしたら、朝練での五十メートル走を根に持っているのではないか。負けそうになったことが悔しくて、いやがらせをしているとしか思えない。

「自信がないならやめようか」

「やります」

「階級も違うし、一ラウンドだけにしておこう」

「何ラウンドでもできますよ」

陽太は豪語すると、グローブとヘッドギアをつけてリングにあがった。

逃げたと思われたくない。それに力をつけるには、強い相手と実戦経験を積むしかなかった。

(でも、でかいな……)

リング内で正対すると体格差を実感する。

陽太はバンタム級で和樹はライトウェルター級だ。アマチュアボクシングとプロボクシングの階級は異なるので、最初はわかりづらかった。要するに陽太は二階級上の相手とスパーリングをするのだ。

二階級も重いと、パワーがまったく違ってくる。しかも経験も違うので、まともにやったら敵うはずがない。こういう場合、普通は上の選手が力をセーブして下の選手に合わせるものだ。

「亜美ちゃん、ゴング」

リング下で見ている本城が、亜美に指示を出す。

亜美も緊張しているのかもしれない。いつになく硬い表情でゴングを鳴らすのが見えた。

(よし、やってやる)

陽太は勢いよくコーナーを飛び出した。

相手は全日本で優勝を狙うキャプテンだ。勝てるとは思っていないが、一発くらいはパンチを当てたい。そのつもりでガードをしっかり固めて、一気に距離をつめた。

まずはジャブを何発か放って、相手の出方を探るのがセオリーだ。しかし、陽太はいきなり鋭いワンツーを打ちこんだ。

「うっ……」

和樹の顎が跳ねあがり、二、三歩、後方によろける。

右の拳にズドンッという確かな手応えがあった。左ジャブは相手のグローブに当たったが、右ストレートはガードの間を抜けて顔面を捉えたのだ。

一発効かせたのだから、ここでパンチをまとめるべきだ。試合なら決定的なチャンスだ。しかし、パンチが当たったことが自分でも意外で、ほんの一瞬だが攻撃が遅れてしまう。そのわずかな隙に反撃のパンチを喰《く》らった。逆にワンツーを打ちこまれて、陽太は後方に吹き飛ばされた。

「くっ……」

気づくと尻餅をついていた。

二階級上のパンチはさすがに重い。ギリギリのところでガードしたにもかかわらず、グローブの隙間を抜けて顔面にヒットした。

「ダウンッ」

レフリーの本城がダウンを告げる。

だが、かろうじてガードしたのでダメージはほとんどない。顔面には当たったが、直撃ではなくバランスを崩しただけだ。瞬時に立ちあがるとファイティングポーズを取った。

すぐに再開されるが、和樹のパンチをもらったことで慎重になってしまう。まともに当たっていたら一発でKOだ。陽太は左ジャブを放って様子を見る。軽く当てててはバックステップしてガードを固めることをくり返す。

どういうわけか左ジャブは確実にヒットする。

和樹の顔が跳ねあがり、右ストレートを打ちこむチャンスが何度も訪れた。しかし、あと一歩がどうしても踏みこめない。いいパンチを喰らったことで恐怖心が芽生えていた。

今度は和樹のほうが強引に前に出る。

最初に陽太のワンツーをもらったことで、カッとなっているようだ。ガードの上からでも、構うことなく強いパンチを当ててきた。

(これをもらったら、やばいぞ……)

陽太は必死にガードを固める。

カウンターを狙う作戦もあるがリスクをともなう。二階級も上だと、パンチのパワーは桁違いだ。一発でも直撃したら終わってしまう。

もはや左ジャブも打てなくなり、とにかく顔面をガードする。すると、がら空きのボディに強いパンチが飛んできた。ガードしている右肘の下あたり、肝臓を狙ったレバーブローだ。

「うぐうッ」

呼吸ができなくなり、体がまるまってしまう。

(し、しまった……)

全身の毛穴からいやな汗が噴き出した。

そのまま崩れ落ちそうになるが、なんとか両足に力をこめてダウン寸前で踏んばった。

レバーを打たれると、息ができないだけではなく体に力が入らなくなる。しかも、二階級上の強烈なパンチだ。和樹は力をセーブするどころか、かなり強いパンチを放っていた。

懸命に両手のガードをあげながら、和樹に視線を向ける。

すると、ヘッドギアのなかで、両目がギラリと光っていた。どうやらスイッチが入っているらしい。最初にワンツーをもらったことで、ふだんは冷静なキャプテンも抑えが利かなくなっていた。

すばやいフットワークで距離をつめるなり、接近戦をしかけてくる。ガードが空いているボディに狙いを定めて、連打を放ってきた。

「くうッ……」

陽太は背中をまるめると、肘を使ってボディを守る。

しかし、和樹はさすがのテクニックで、ガードの隙間を縫うようにしてパンチを打ちこんできた。

反撃する余裕はない。和樹のパンチがボディにめりこむたび、体力と気力が削られていく。それでもタイミングを計って、左のフックを和樹のこめかみにヒットさせた。

またしても拳に手応えがある。

だが、和樹は倒れない。いっそう目つきが鋭くなり、ボディだけではなくガードの上からでもお構いなしにパンチを打ってきた。

（くッ……倒れてたまるか）

こうなってしまったら手も足も出ない。陽太はガードをするだけで精いっぱいだ。端から見たら滅多打ちの状態だ。それでも負けたくない気持ちが湧きあがって懸命に耐え忍んだ。

ガードの上からでも和樹のパンチは応える。気が遠くなりかけたとき、ゴングの音が聞こえた。

（やっと終わった……）

コーナーに戻り、ロープにもたれかかる。

とくにボディが効いていた。肝臓も胃もさんざん打たれて熱を持っている。こうして立っているのもやっとの状態になっていた。

「おい、大丈夫か」

慎二が慌ててリングにあがる。そして、陽太のグローブとヘッドギアをはずすと、ペットボトルの水を手渡した。

「飲めるか？」

「お、おう……」

唸《うな》りながら水を飲む。胃のあたりが刺すように痛んで、思わず顔を歪《ゆが》めた。

「おまえ、よく倒れなかったな」

慎二が耳もとでささやく。どこか感心したように言うが、陽太はワンツーでダウンさせられていた。

「た、倒れたじゃねえか……」

「そのあとだよ。キャプテン、本気で倒しに来てたぞ。おまえのワンツーで火がついたんだな」

確かに慎二の言うとおりだ。

和樹はむきになって陽太を倒そうとしていた。格下だと思っていた相手にワンツーを当てられて、よほど悔しかったに違いない。

「キャプテンを本気にさせたおまえもすごいけどな」

「そんなことないよ」

「あれだけ打たれても立ってるなんて、おまえ、どういう腹筋してるんだよ」

「勝たなきゃ意味ないって……」

悔しさがこみあげる。

なにより、滅多打ちにされる姿を亜美に見られたのが恥ずかしい。リング下にいる亜美が視界の隅に入って思わず顔をそむけた。

慎二の肩を借りてリングをおりると、隅に置いてあるベンチに腰をおろした。

「これで練習は終わりだけど、歩いて帰れるか？」

「少し休んでから帰るよ。悪いけど亜美から鍵を借りてきてくれないか。俺が戸締まりをするから」

無理をして笑みを浮かべる。今は亜美と話したくない。これ以上、格好悪い姿をさらしたくなかった。

「わかった。ちょっと待ってろ」

なんとなく察してくれたのか、慎二は力強くうなずいた。

すぐに亜美のもとに向かう。そして、しばらく話しこんでいたが、鍵を借りて戻ってきた。

「ほら、借りてきたぞ」

「サンキュー……」

鍵を受け取り、小声でつぶやく。今はひとりになりたかった。

「先に帰ってるぞ」

慎二はそれ以上なにも言わずに陽太から離れた。

4

部員たちが宿に戻り、ジムに残っているのは陽太ひとりになった。

ベンチに腰かけてうな垂れる。二階級上とはいえ、完膚なきまでに打ちのめされた。

（クソッ……）

悔しさがこみあげて、奥歯が砕けそうなほど強く噛んだ。

そのとき、ジムのドアがゆっくり開いた。はっとして顔をあげると、亜美が遠慮がちに入ってきた。

陽太と目が合っても、なにも言わない。黙ったまま冷蔵庫に向かうと、氷を出してアイスバッグにつめる。アイスバッグとは、故障箇所を冷やして治療するアイシングの道具だ。準備ができると、ベンチに腰かけている陽太にゆっくり近づいてきた。

「大丈夫?」

「おう……」

陽太は小声で返事をするだけで、顔をあげることができなかった。

朝練では五十メートル走で本城に負けて、先ほどはスパーリングで和樹にやられた。二度も格好悪いところを見られてしまった。恥ずかしくて情けなくて逃げ出したくなる。

「アイシングするから横になって」

「自分でやるから大丈夫だよ」

「ダメよ。部員の体のケアはマネージャーの仕事なんだから」

陽太は強がるが、亜美は引こうとしない。

確かに部員の健康管理もマネージャーの仕事だ。それを言われたら、陽太も拒絶はできなかった。

「横になって」

亜美の口調は穏やかだが、有無を言わせぬ響きがある。

仕方なくベンチで横になると、亜美がランニングシャツをまくりあげて腹部を露出させた。そして、手のひらを腹にそっと重ねる。

「うっ……」

柔らかい感触が心地よくて、つい声が漏れてしまう。すると、亜美がはっとした感じで手を離した。

「痛かった?」

「い、いや、大丈夫……」

「熱を持ってるから、冷やすね」

アイスバッグを腹に当ててくれる。とたんにひんやりして、痛みが少し和らぐ気がした。

「どうかな?」

亜美はベンチの横にひざまずき、心配そうに顔をのぞきこむ。思いのほか距離が近くてドキドキした。

「う、うん……いい感じだよ」

平静を装って答える。

だが、亜美はまだ心配顔だ。ほっそりした指先で陽太の腹に触れては、熱を持っている部分にアイスバッグを当てることをくり返す。

(このままだと……)

胸に焦りがこみあげる。

痛みは引いてきたが、亜美の指先が触れるたびに邪《よこしま》な感情が生じてしまう。なにしろ、ふたりきりでのアイシングだ。亜美に他意はないと思うが、この状況で冷静さを保っているのはむずかしい。

「ほ、本当に大丈夫だって……」

手を伸ばしてアイスバッグを奪おうとする。ところが、亜美はその手をやさしくつかんだ。

「おとなしくして」

まるで幼子を叱るような口調になっている。

マネージャーとしての使命感に駆られているのかもしれない。陽太はなにも言えなくなって黙りこんだ。

「さっき、スパーリングをはじめる前に、本城先輩がキャプテンに話しているのが聞こえたの」

亜美がアイシングをしながら語りかけてくる。

ときおり指で腹に触れて熱が取れたかどうかを確認するが、そのたびにドキドキしてしまう。

「小暮くんの力が見たいからキャプテンよろしくって、本城先輩が言ってた。それって、陽太くんを認めてるってことじゃない？」

「そ、そうかな……」

陽太はうわの空で返事をする。

正直それどころではない。腹に触れる亜美の指先が気になって、勃起しそうになるペニスを抑えこむのに必死だった。

「ねえ、ちゃんと聞いてる？」

「あ、ああ……聞いてるよ」

「もしかして、すごく痛いんじゃない？」

亜美は勘違いして、手のひらを陽太の腹にそっと重ねる。そして、悪いところを探すように、やさしく撫《な》ではじめた。

「お、おい、なにやってんだよ」

「だって、陽太くんの具合が悪そうだから」

亜美はそう言って腹を触りつづける。

心配そうな顔をしているので強く拒絶できない。だが、こうしている間にも欲望がふくれあがってしまう。

「ほ、本当に大丈夫だから……」

「強がったらダメよ。怪我《けが》の治療は最初が肝心なんだから。ちゃんと治しておかないと長引いちゃうよ」

亜美の手のひらが腹の上を這《は》いまわる。

陽太を気遣っているため、表面をそっと撫でるやさしい手つきだ。それが刺激となり、牡《おす》の興奮を呼び起こす。ペニスがむずむずして、ボクサーブリーフのなかで芯を通しはじめた。

（ううっ、や、やばい……）

焦るほどに刺激を感じ取ってしまう。

一度反応したペニスは抑えることができず、どんどん大きくなっていく。瞬く間にそそり勃《た》ち、ボクサーブリーフとトランクスを内側から押しあげる。自分の股間をチラリと見やれば、あからさまにふくらんでいた。

「あ、あとは自分でやるから……」

このままだと気づかれてしまう。

なんとかごまかしたいが、亜美は真剣な表情で腹を触ってはアイシングをくり返す。すでにペニスは完全に勃起している。ボクサーブリーフとトランクスを突き破りそうなほど、ガチガチに固くなっていた。

「も、もう大丈夫だって……」

「なんで意地を張るの？」

亜美がむっとした顔をする。拒絶されるほどむきになり、陽太の腹を撫でまわした。

「ううっ……」

「ねえ、どこか痛いの？」

亜美が尋ねながら視線を腹部に向ける。その直後、はっとしたように動きをとめた。

「どうして……」

小声でつぶやくが、それきり黙りこんでしまう。

盛りあがったトランクスの股間をじっと見つめている。不自然なふくらみを目にして、なにが起きているのか気づいたらしい。亜美の顔が瞬く間に、まっ赤に染まった。

(最悪だ……)

絶望感が胸にこみあげる。

亜美は心配してくれていたのに、ペニスを大きくしていたのだ。嫌われたのは間違いなかった。

「こ、これはその……ご、ごめん」

消え入りそうな声で謝罪する。

勃起したのは不可抗力だが、そんなことを説明してもわかってもらえるとは思えない。とにかく謝るしかなかった。

「ち、違うんだ。決して、ヘンなことを考えていたわけじゃなくて……」

弁解すればするほど、おかしな空気になっていく。

ただの言いわけにしか聞こえないのではないか。逆効果な気がして、全身の毛穴からいやな汗が噴き出した。

「わたしのほうこそ……ごめんね」

しばらく黙っていた亜美が、小声でぽつりとつぶやいた。

「別に亜美が謝る必要は……」

陽太は途中で口を閉ざした。

すっかり気まずい空気になり、なにを言えばいいのかわからない。もはや視線を交わすこともできなかった。

「なんか、ごめんね……わたし、先に帰ってるね」

亜美はアイスバッグを陽太に渡すと立ちあがる。そして、それ以上、なにも言わずにジムから出て行った。

（終わった……）

陽太はベンチに横たわったまま目を閉じる。

亜美の厚意を台無しにしてしまった。こんなときに勃起するとは最悪だ。欲望を抑えられなかった自分自身に失望した。

5

ジムのドアが開く音がした。

亜美が戻ってきたらしい。忘れ物でもしたのだろうか。もう陽太に用はないはずだ。

足音がゆっくり近づいてくる。だが、陽太はベンチに横たわったまま、目を開ける気力もなかった。

（早く行ってくれ……）

心のなかでつぶやいた。

忘れ物なら早く見つけて、自分の前から消えてほしい。これ以上、気まずい思いをしたくなかった。

「具合はどう？」

穏やかな声が聞こえた。

亜美の声ではない。はっとして目を開ける。すると、ベンチのすぐ横には光莉が立っていた。

「ひ、光莉先輩……」

思わず両目を見開いて上半身を起こす。予想外の人が目の前に現れて、驚きを隠せなかった。

「ど、どうして……」

「陽太のことが気になって戻ってきたの。ずいぶんやられてたからさ」

光莉はそう言って微笑を浮かべる。

男勝りのイメージが強いが、後輩の面倒見はいい。打ちのめされた陽太のことを心配していたのだろう。

「ボディ、効いたんじゃない？」

「え、ええ、だいぶ……」

陽太はまくれあがったままのランニングシャツをもとに戻して、剝《む》き出しだった腹を隠した。

勃起は治まっており、股間のふくらみはしぼんでいる。それを確認して、とりあえずほっとした。

「立花も手加減してやればいいのにね。キャプテンのくせに、ちょっとおとなげなかったな。でもさ、どうして立花が本気になったのかわかる？」

「最初に俺のワンツーが当たったから、ですよね」

「それもあるけど、そのあとの左ジャブに慌てたんだと思うな。立花はジャブに自信があったのよ。でも、自分よりもうまいジャブを陽太に打たれて、びっくりしたのね」

意外な言葉だった。

光莉は気休めを言う性格ではない。あのスパーリングを見て、本当に思ったことを伝えたのだろう。

(俺のジャブが……)

少しは通用したらしい。

この一年、地道にシャドーボクシングとサンドバッグ打ちをしてきた成果が出たのだ。やってきたことは間違いではなかった。

「左を制する者は世界を制す、って言うでしょ。陽太の左は武器になるわよ」

光莉はボクシングの有名な格言を持ち出して褒めてくれる。

すべては一年前に本城が指導してくれたおかげだ。認めたくないが、本城に怒られなければ、今の自分はなかった。

「そんなことより、どうして押し倒さなかったの?」

光莉が急に話題を変える。

陽太はギクリとして固まった。なにかいやな予感がする。いったい、なにを言い出したのだろうか。

「亜美ちゃんのことよ。さっき、たまたま見ちゃったのよ。いい雰囲気だったじゃない」

ジムに入ろうとしたら話し声が聞こえてきたので、入口のドアの隙間からのぞいていたという。

「陽太、勃起しちゃったんでしょう。あのまま押し倒せばよかったじゃない」

「そ、そんなことできるはずないじゃないですか」

とっさに口走る。

まずいところを見られてばつが悪い。むっとしたふりをしてごまかそうとするが、光莉はニヤニヤ笑っている。

「亜美ちゃんのことが好きなんでしょう」

「なっ、なにを言ってるんですか」

「照れなくてもいいでしょ。いつも亜美ちゃんのこと見てるじゃない」

光莉の言葉には確信がこもっていた。

どうやら、無意識のうちに亜美を見ていたらしい。恋心を見抜かれて、猛烈な羞恥がこみあげた。

「男らしく抱きしめて、そのまま押し倒せばよかったでしょ」

「で、できませんよ。そんなこと……」

「まっ赤になっちゃって、かわいいところあるじゃない。もしかして、童貞なのかな？」

光莉がからかいの言葉をかける。

いきなり図星を指されて、陽太は思わず黙りこんだ。確かに童貞だが、それを認めるのは恥ずかしい。陽太は下唇を嚙みしめると、赤く染まった顔を横にそむけた。

「やっぱり童貞だったのね。それなら仕方ないか」

光莉は納得したようにつぶやく。そして、なぜかベンチの前でひざまずくと、あらたまった様子で口を開いた。

「本城先輩が亜美ちゃんのことを狙ってるよ。ここだけの話、あの人、結構な遊び人みたいなんだよね。でも、亜美ちゃんのことは本気だと思う。早く告白しないと取られちゃうよ」

「どうして、そんなことを教えてくれるんですか」

素朴な疑問が湧きあがる。

いくら面倒見がいいとはいえ、後輩の恋愛事情まで気にするだろうか。なにか釈然としなかった。

「俺と亜美がどうなろうと、光莉先輩には関係ないじゃないですか」

「関係あるのよ。あなたたちがつき合ってくれれば、本城先輩もさすがに亜美ちゃんのことをあきらめるでしょう。そうしたら、わたしにもチャンスが出てくるじゃない」

「光莉先輩は本城先輩のことが……」

胸が苦しくなるのを感じた。

昨夜、あんなひどいフラれかたをしたのに、まだ本城のことを忘れられずにいる。そんな光莉を憐れに思うが、同時にあきらめない強さも感じた。

「だから、早く告白してほしいのよ。わたしの都合もあるけど、このままだと手遅れになるわよ。亜美ちゃんを取られてもいいの？」

「で、でも……」

「今度、さっきみたいな場面があったら、押し倒しなさいよ」

「そんなこと言われても……」

これまで、一度も女性とつき合ったことがない。それなのに、押し倒すことなどできるはずがなかった。

「自信がないのね」

「は、はい……」

陽太は素直にうなずいた。

押し倒すなどもってのほかだ。それどころか告白する勇気もない。だからこそ関東ブロック予選で優勝して、自分に自信をつけたかった。そうすれば、告白する勇気が持てるかもしれないと思ったのだ。

6

「仕方ないな……わたしが教えてあげる」

光莉はそう言うと、陽太のトランクスに手を伸ばす。ウエスト部分に指をかけて、いきなり引きおろしはじめた。

「な、なにをしてるんですか?」

陽太は慌てて声をあげる。

だが、光莉はやめようとしない。トランクスだけではなくボクサーブリーフもまとめて、無理やり引きさげてしまった。

「ちょ、ちょっと……」

とっさに両手でペニスを隠そうとする。ところが、すかさず手首をつかまれて阻止された。

「ふふっ……見えちゃった」

露《あらわ》になったペニスを見て、光莉が妖しげな笑みを浮かべる。いったい、なにをするつもりなのだろうか。

「さっきはビンビンだったのに、すっかりおとなしくなってるじゃない。緊張してるの？」

「み、見ないでください」

激烈な羞恥がこみあげる。

ペニスを女性に見られるのは、これがはじめての経験だ。熱い視線をペニスに感じて、たまらず腰をくねらせた。

「童貞を卒業させてあげようか。そうすれば、自信がついて亜美ちゃんに告白できるんじゃない?」

光莉の口から信じられない言葉が発せられる。

昨夜のぞき見た光莉の艶《なま》めかしい姿が脳裏によみがえった。

魅力的な提案に思えたが、それは亜美を裏切ることになるのではないか。はじめてのセックスは、できることなら亜美と体験したかった。

「そ、そういうことは、好きな人と……」

欲望を懸命に抑えてつぶやいた。

「へえ、一途《いちず》なんだね。なんだか妬《や》けちゃうな」

光莉が少し淋しげな顔をする。

昨夜の本城とのセックスを思い出しているのかもしれない。リングの上での立ちバックで好き放題に突かれた挙げ句、あっさりフラれてしまったのだ。まだあきらめてはいないが、きっと傷ついたに違いない。

「それじゃあ、本番はナシね。でも、もう期待しちゃってるみたいだから」

「き、期待なんて……」

「でも、ほら、見られているだけで半勃ちになってるよ」

光莉はそう言うと、手を伸ばしてペニスをそっとにぎる。

とたんに快感がふくれあがり、腰がガクガクと震えてしまう。体を起こしていられなくなって、陽太は再びベンチの上で仰向《あおむ》けになった。

（光莉先輩が、俺のチ×ポを……）

まさかこんな日が来るとは思いもしない。

女子からも人気のある美貌の先輩が、己のペニスを握っている。指を竿《さお》に巻きつけて、顔をのぞきこんでいるのだ。

「気持ちいいのね。どんどん大きくなってるわ」

光莉がうれしそうにささやく。

軽く握られているだけなのに快感が次から次へと押し寄せる。柔らかい手のひらの感触が心地いい。女性に触れられるのは、もちろんこれがはじめてだ。ペニスは瞬く間に硬くなり、あっという間に雄々しく反り返った。

「もうビンビンじゃない。あっ、先っぽからお汁が出てきたわよ」

「ひ、光莉先輩……ううぅッ」

口を開けば呻《うめ》き声が出てしまう。

童貞には刺激が強すぎる。ただ握られているだけでも我慢汁がどんどん湧き出して、とまらなくなっていた。

「こ、こんなの……す、すぐに……」

「まだダメよ。できるだけ我慢してね」

光莉がやさしく告げる。

しかし、ペニスは彼女の手のなかでヒクついており、今にも暴発しそうになっていた。

「あんまり早いと、亜美ちゃんにがっかりされちゃうかもよ」

そう言われて奮起する。

簡単に達するわけにはいかない。早い男は格好悪い。亜美の前では、常に格好よくありたかった。

「ま、まだまだ……」

尻の筋肉に力を入れて、射精欲を抑えこむ。とにかく、少しでも長持ちさせたかった。

「それじゃあ、動かすね」

光莉は宣言してから、ペニスを握った指をスライドさせる。その瞬間、新たな快感の大波が押し寄せた。

「ううッ、ま、待ってくださいっ」

たまらず呻いて懇願する。

ほんの少し動かしただけなのに、自分でしごくときとは比べものにならない愉悦がひろがった。

「がんばって。さっきのスパーリングを思い出すのよ」

光莉がやさしく応援してくれる。

そうしながら、手筒を動かすスピードを徐々にあげていく。大量に溢《あふ》れた我慢汁が亀頭を濡《ぬ》らして、竿にもトロトロと流れ落ちる。それが潤滑油となり、ほっそりとした指がなめらかに動き出した。

「す、すごいですっ……くうぅッ」

「お汁がいっぱい出てるわよ」

「だ、だって……うううッ」

必死に全身の筋肉に力をこめる。

無意識のうちに尻がベンチから浮きあがり、股間を突き出すような格好になっていた。そそり勃った男根をヌルヌルとしごかれて、硬直した体が凍えたように小刻みに震え出した。

「そんなに震えて、どうしたの？」

「おおおッ、も、もうっ」

「こんなの左ジャブみたいなものよ。まだイッちゃダメよ。ジャブだけでKOされちゃうの？」

光莉に叱咤《しった》激励されて気合を入れ直す。

絶頂が迫っているのは明らかだが、少しでも長く持たせたい。押し寄せる快感の波に全力で抗《あらが》った。

「ま、負けてたまるかっ」

「そうそう、その意気よ」

美人の先輩に応援されて必死にこらえる。

しかし、指はリズミカルに動きつづけているため、快感は一瞬たりともとぎれることはない。それどころか大きくなる一方で、陽太の体はベンチの上でブリッジするように仰《の》け反《ぞ》っていく。

「くううッ、も、もうっ」

「ああっ、硬いのね」

光莉が色っぽい声でささやく。

その瞬間、昨夜の光景がまたしても脳裏によみがえる。立ちバックで本城に貫かれる光莉は、息を呑《の》むほど色っぽかった。

「ううゥ、ひ、光莉先輩っ」

光莉の艶姿《あですがた》を思い出したことで、快感が脳天まで突き抜けた。

ほっそりした指が、我慢汁にまみれた肉棒を擦りあげる。張り出したカリの段差をシコシコされると、快感で頭のなかが埋めつくされてしまう。もうなにも考えられなくなり、獣のように呻くだけになる。

「おおおおッ、き、気持ちいいっ」

「左ジャブだけでイッちゃうの？」

「も、もう、本当に……くううぅッ」

これ以上は耐えられない。目で懸命に訴えかけると、光莉は微笑を浮かべてうなずいた。

「もうイキそうなのね。よくがんばったわ。イッていいわよ」

光莉のやさしい声が耳に流れこむ。それが引き金となり、しごかれているペニスがひとまわり大きく膨張した。

「ああっ、大きいっ」

「くおおおッ、も、もうダメですっ」

「よく覚えておいて。左が当たれば、右も当たるようになるのよっ」

そう言うなり、右ストレートを連打するように指の動きを加速させる。とたんに猛烈な快感がひろがり、頭のなかがまっ白になった。

「おおおおッ、で、出るっ、おおおおッ、ぬおおおおおおおッ!」

ついに最後の瞬間が訪れる。

全身がガクガク震えて、ペニスが激しく暴れ出す。亀頭の先端から精液が勢いよく噴きあがり、白い放物線を描いて自分の腹に着弾する。凄《すさ》まじい快感だ。ペニスは光莉の手のなかで何度も脈動をくり返した。

「こんなにいっぱい……ああっ、すごいのね」

光莉がうっとりした顔でつぶやく。

射精している最中もペニスをしごくことで、快感が二倍にも三倍にもアップする。かつて、これほどの愉悦を経験したことはない。射精がとまらず、陽太は体を仰け反らせたまま呻きつづけた。

第三章　連打に散る

1

夏合宿は三日目を迎えた。

この日も朝練で走りこみを行った。昨日以上の猛練習で全員がヘロヘロになっていた。

宿に戻るとシャワーを浴びてから大広間に集合する。

すると、先ほどまで疲れきっていた部員たちは、一気に息を吹き返す。美人の若女将《わかおかみ》、萌々子が給仕をしてくれるからだ。

畳敷きの広い空間に、人数分のお膳が並べられている。陽太たちは座布団の上で胡座《あぐら》をかいて食事を摂《と》っていた。

「みなさん、たくさん食べてくださいね」

萌々子が部員たちに声をかける。

美人が声も澄んでいるのはなぜだろうか。萌々子は割烹着《かっぽうぎ》に身を包んでおり、黒髪を結いあげている。かいがいしく世話をしてくれる姿に見惚《みと》れる者が続出した。

(大人の魅力ってやつだな……)

陽太も気を抜くと、ぼんやり見つめてしまう。

「お代わりもありますよ」

「は、はい……だ、大丈夫です」

急に声をかけられて、慌てて返事をする。

頬がだらしなく緩んでいることに気づいて、慌てて表情を引きしめた。離れた場所に座っている亜美に視線を向ける。幸いなことに、こちらのやり取りには気づいていないようだった。

(それにしても……)

首をかしげて萌々子を見やる。

柔らかな笑みを向けられるだけで、疲れが一瞬で吹き飛ぶのはなぜだろう。ふだん接することのない大人の女性にドキドキした。

「陽太。俺、決めたよ」

隣で正座をしている慎二が、真剣な表情でささやいた。

「おまえ、なんで正座をしてるんだよ。足が痺《しび》れるぞ」

「バカ野郎、萌々子さんの前で胡座なんてかけるか。失礼だろ」

そのひと言で、なにかいやな予感がした。

また悪い病気がはじまったに違いない。かかわりたくないが、話を聞かないわけにはいかないだろう。

「決めたって、なにを？」

陽太は納豆にネギとからしを入れて、箸でかきまぜながら尋ねた。

どうせ、ろくなことではない。この合宿中に萌々子に告白するとか言い出すのではないか。そんな予想をしながら、納豆をご飯にかけて頬張った。

「俺、萌々子さんと結婚する」

慎二が力強い声で宣言する。

さすがは全日本で優勝を狙う男だ。予想のはるか上を行く答えを聞いて、危うく納豆ご飯を噴き出しそうなった。

「若女将は東京に旦那さんがいるんだぞ」

呆《あき》れて告げるが、慎二はどこ吹く風だ。

「もちろん、わかってるさ。でも、俺の愛は本物だ」

「おまえな……」

「だって、よく考えてみろよ。萌々子さんはまだ三十歳なんだぞ。見てのとおりの女盛りだ。それなのに旦那さんと離れて暮らしてるって、おかしいと思わないか？」

慎二は一気にまくし立てる。

ボクシングにおいては天才的だが、女性に関しては失敗ばかりだ。妙に惚《ほ》れっぽいところがあり、告白してはフラれることをくり返している。だが、持ち前の打たれ強さで、すぐに復活するのだ。

「そもそも、どうして若女将が三十歳だって知ってるんだよ」

「直接聞いたからに決まってるだろ」

慎二は当たり前だという顔をする。

驚いたことに、すでに接触を試みているらしい。

二週間前、コンビニのアルバイト店員にアタックして玉砕したばかりだ。それなのに、またしても惚れてしまったようだ。

「さすがに人妻は無理だろ」

「わかってないな。きっと旦那さんと不仲なんだよ。だから、女将が倒れたのを理由にして、逃げるように帰ってきたんだ」

慎二は勝手な妄想で、自分の都合のいいように決めつける。これはいつものフラれるパターンだ。

「旦那の浮気が原因かもしれないな。傷ついている萌々子さんを癒せるのは、俺しかいない」

「たぶん違うと思うぞ」

鮭《さけ》の塩焼きを口に運びながら、一応、忠告しておく。どうせ耳に入らないと思うが、できれば親友が泣くところを見たくなかった。

「とにかく、俺は萌々子さんと結婚する。そして、この宿をいっしょに切り盛りするんだ」

「ちょっと待て。プロボクサーの夢はどうするんだよ」

「もちろん、あきらめるわけないだろ。二刀流ってやつだよ」

「そうか……がんばれよ」

もうなにも言う気が起きない。説得するのは無理そうだ。やめさせるより、今のうちからフラれた慎二を慰める方法を考えておくべきだろう。

「ごちそうさま。俺は先に部屋で休んでるぞ」

「あっ、ちょっと待ってくれよ」

慎二は慌ててご飯をかきこみ、味噌汁《みそしる》で流しこんだ。

2

朝食のあと少し休憩して、午前練を行った。

本城の厳しい指導のもとで基本の動きを確認する。気合の入ったシャドーボクシングで汗をたっぷり流した。

宿に戻ってシャワーを浴びると昼食だ。

またしても慎二の恋の妄想を聞かされて、うんざりしながら食事を摂った。そして、部屋で少し休憩することで疲れを抜いた。

いよいよ午後練の時間だ。

大学のジムに移動して、さっそくスパーリングがはじまる。例によって陽太にはなかなか順番がまわってこない。シャドーボクシングをしながら、リングの上に視線を向けた。

本城が次々と部員たちを指名して練習相手になっている。

とはいっても実力差があるため、本城は本気ではない。がむしゃらに打ってくる部員たちを相手に、自分の動きを確認しているようだ。ジャブだけで相手を翻弄したり、ボディだけに的を絞ったり、カウンター狙いにしたりと、戦法をいろいろ変えていた。

（引き出しが多いな……）

自分が本城と対戦しているつもりでシャドーをする。

高速ジャブを受けつづければ本城のペースになってしまう。ボディ打ちも強力だ。こちらが中途半端なパンチを出せば、間違いなくカウンターを狙われる。だが、どこかに隙があるはずだ。完璧な人間などいない。しかし、攻略法は簡単には見つからなかった。

本城はずっとリングに立っており、相手を次々と変えてスパーリングをしている。恐るべきスタミナだ。陽太はいつ自分が指名されるのかと、緊張しながらシャドーボクシングをつづけた。

しかし、声がかからないまま、練習時間が終わりに近づく。本城はリングの上でヘッドギアとグローブをはずした。

(俺なんて相手にしてないってことか……)

考えてみれば当たり前だ。

自分では本城の練習相手になるはずがない。今さらながら、そのことに気がついた。

がっかりするが、その一方でほっとする。本城と対戦すれば、コテンパンにやられるのは間違いない。本城から指名されないと悟って、心のどこかで安堵《あんど》していた。

「小暮くんと長谷川くん、リングにあがってくれ」

本城から声がかかる。

もうないと思っていたので驚いた。しかも、対戦相手は本城ではなく、慎二だという。これまで何度もやっているので新鮮味はない。とにかく、急いでヘッドギアとグローブをつけてリングにあがった。

「ふたりには試合形式のスパーリングをやってもらう」

本城の言葉に再び驚かされる。

試合形式ということは、慎二も本気で来るということだ。赤コーナーに立っている慎二は、すでに火がついているのか目つきが鋭くなっていた。

「どうして、試合形式なんですか」

思わず抗議する。

自分と慎二では力の差がありすぎる。本気でスパーリングをやらせる意味がわからなかった。

「試合形式のほうが練習になるからに決まってるだろう。小暮くんのほうが階級は上だから、二ラウンドはいけるよね」

本城は口もとに笑みを浮かべた。

よけいなことを言ったせいで、機嫌を損ねたのだろうか。一ラウンドでもきついのに、二ラウンドもやることになってしまった。

（もしかして、俺のことを壊すつもりなんじゃ……）

ふとそんな気がした。

昨日の和樹とのスパーリングも妙だった。本城が和樹に命じて本気でやらせたのではないか。そんな疑惑が湧きあがる。なぜかはわからないが、本城は自分のことを目の敵にしている気がした。

二ラウンドの試合形式ということで、セコンドをつけるという。

陽太には光莉と一年生の部員、慎二には本城と亜美がついた。そして、レフリーは和樹がやることになった。

「ゴングを鳴らせ」

和樹の指示で試合がはじまる。

リング中央で軽くグローブを合わせると、慎二は小刻みに頭を振り、鋭いジャブを放ってきた。

(速い……いつもより速いぞ)

これまで何度もスパーリングしているが、比べものにならないスピードだ。

本気を出すと、こんなにも速いことに驚かされる。階級が下の慎二が速いのは当然だが、それにしても想像以上だ。体験したことのない異次元の速さに、目がついていかなかった。

(やばいぞ……)

よけるのは無理なので、懸命にガードを固める。

ジャブでも打たれつづければ、ダメージが蓄積してしまう。しっかりガードをしないと危険だ。すると、がら空きになったボディにパンチが飛んでくる。肝臓を狙ったレバーブローだ。

「ううッ……」

思わず呻《うめ》き声が漏れる。

しかし、思っていたほどダメージは深くない。昨日、二階級も上の和樹に、さんざんボディ打ちをされたので、慎二のパンチが軽く感じる。これなら、なんとか耐えられそうだ。

ステップバックしてガードを固め直す。

慎二のスピードは驚異的だが、パワーはそれほどない。昨日の和樹とは異なるタイプだ。

(ボディを餌にすれば……)

ジャブをガードしながら作戦を練る。

あえてボディを打たせて、カウンターを取れるのではないか。パンチが軽いので怖さがない。ポイントは確実に取られてしまうが、ＫＯされることはないと踏んでいた。

しかし、慎二も隙がない。常に頭を振っているため、狙いを定めるのがむずかしい。結局、カウンターを打つことができないまま、一ラウンドの終了を告げるゴングが鳴った。

「クソっ……」

つぶやきながら青コーナーに戻る。

光莉が椅子を出して待っていた。腰かけてマウスピースを取ってもらうと、水でうがいをする。

「慎二のパンチは軽いけど、油断してるとやられるよ」

光莉の言葉にうなずく。

いくら軽いパンチでもタイミングよく入れば効いてしまう。それは陽太も警戒していた。しかし、今は赤コーナーの様子が気になる。慎二には本城と亜美がついているのだ。

（あのふたり、なにやってるんだ）

思わず顔をしかめる。

本城が慎二にアドバイスを送っているのだが、すぐ隣に立っている亜美との距離がやけに近い。ときおり、肩と肩が触れ合っているのが、気になって仕方がなかった。

一分のインターバルはすぐに終わり、二ラウンド開始のゴングが鳴る。

陽太と慎二は勢いよくコーナーを飛び出した。再び慎二の高速ジャブの雨にさらされる。だが、一ラウンド様子を見たことで目がなれてきた。なんとかカウンターを狙えるかもしれない。

（やってみるか……）

両手で顔面をガードしながら、前傾になっている体をわずかに起こす。そうすることでボディを空けて誘いをかけた。

（打ってこい！）

カウンターの右を顎にたたきこむつもりだ。

そのとき、赤コーナーにいる本城と亜美の姿が目に入った。なぜか寄り添ってリングの上を見つめている。まるで恋人同士のような雰囲気だ。

（なにやってるんだ。離れろよ）

思わず心のなかでつぶやく。

後輩にちょっかいをかける本城に腹が立つ。それと同時にはっきり拒絶しない亜美の態度も気になった。

（まさか……）

いやな予感がこみあげる。

亜美も本城のことを気に入っているのではないか。体をよせられて、案外、まんざらでもないのかもしれない。

「うぐッ……」

そのときボディを打たれて声が漏れた。

気がそれているところに喰《く》らって、思いきり効いてしまう。息がつまってガードがさがる。すると、今度は高速の右ストレートで顎を打ち抜かれた。

「ダウンッ！」

和樹の声が響きわたる。

気づくとリングに倒れていた。軽いと思っていたパンチでも、タイミングさえ合えばダウンする。ボクシングの怖さをあらためて思い知らされた。すぐに立ちあがるが、本城の指示で試合をとめられてしまった。

「どうして、とめるんですか」

思わずリング下の本城に抗議する。

脳震盪《のうしんとう》を起こしたわけではない。タイミングのいいパンチで倒れただけで、ダメージは浅かった。それは端から見てもわかったはずだ。それなのに、どうしてとめられるのか理解できなかった。

「これ以上やっても無駄だ」

「だから、どうしてですか？」

食いさがるが、本城はなにも答えない。リング下で腕組みをして、陽太の顔をにらんでいた。

3

「陽太、終わりだよ」

セコンドの光莉が近づいてくる。そして、陽太の手首をつかむと、強引に青コーナーへと連れて戻った。

「どうして、とめられたんですか？」

怒りが治まらず、光莉にも食ってかかる。まだできるのにストップされて、どうしても納得がいかなかった。

「わからないの？」

光莉が呆れたような顔をする。そして、陽太を椅子に座らせると、ヘッドギアとグローブをはずした。

「昨日のバランスを崩しただけのダウンとは違うよ。顎に入ってたからね。それに、試合中によそ見をしていたでしょう」

厳しい口調で言われてはっとする。

本城と亜美を見ていたのがバレたらしい。とはいっても、ふたりを凝視したわけではない。視界の隅に映ったのを見ただけだ。それなのに、光莉には気づかれていた。

「集中力をかいていたからとめられたの。当然よ」

光莉の瞳には怒気が滲《にじ》んでいる。

ボクシングは危険をともなうスポーツだ。集中していなかった陽太が悪い。弁解のしようがなかった。

「すみません……」

落ち着きを取り戻して、がっくりうな垂れる。

てっきり本城のいやがらせかと思った。なぜかはわからないが、本城が自分に対して冷たいのは感じている。だから、このスパーリング自体もなにか裏があるような気がしていた。

「本城先輩がどうして厳しいのかわかる？」

再び光莉が語りかけてくる。一転して、やさしい口調になっていた。

「俺のことがきらいなんでしょ……ヘタクソすぎて、見ていると苛々《いらいら》するんじゃないですか」

悔しまぎれにつぶやく。

クラブ内ではボクシングの強さがすべてだ。弱い者はスパーリングでもミット打ちでもあとまわしにされる。いつまで経《た》っても上達しない陽太が冷遇されるのは仕方のないことだ。

「陽太に可能性を感じているのよ」

光莉が意外なことを口にする。

からかわれているのかと思ったが、真剣な表情で陽太の目を見つめていた。どうやら本気で言っているらしい。

「この一年でずいぶん強くなったんだけど、実感してないみたいね」

「誰がですか？」

陽太は思わず首をかしげる。

いったい誰の話をしているのだろうか。みんな強くなっていると思うが、今ひとつ誰なのかピンと来なかった。

「やっぱり気づいてなかったのね」

光莉はそう言ってフッと笑った。

「陽太のことに決まってるでしょう」

「俺ですか？」

自分を指さして聞き返す。

多少は上達していると思う。だが、厳しい光莉にそんなことを言われるとは意外だった。

「昨日、立花にボディを打たれても倒れなかったのは、どうして？」

「あれは、ただのやせ我慢です」

「立花のレバーブローは、やせ我慢で耐えられるものじゃないわ。まともにもらったら、同じ階級の相手でも倒れるのよ」

「でも、俺の完敗でした」

倒れはしなかったが、一方的に打たれているだけだった。手も足も出なかったというのが正直なところだ。

「立花も負けたって言ってたよ。二階級も下の相手を倒せなかった。俺の負けだって」

「キャプテンが、そんなことを……」

「立花が本気になったってことは、陽太が強くなった証拠だよ。よっぽど悔しかったみたいで、昨日の夜は部屋でずっとシャドーをやっていたらしいわ。あいつも負けず嫌いだからね」

光莉はリング下にいる和樹をチラリと見やった。

同学年ということで光莉と和樹はとくに仲がいい。本人からいろいろ話を聞いたのかもしれない。

「さっきの慎二とのスパーも、よそ見さえしなければいい勝負だったよ」

「でも、あいつは下の階級じゃないですか」

「そこよ。慎二のスピードについていけたでしょう」

光莉が前のめりになって強調する。

そう言われてみると、二ラウンドからはパンチが少し見えていた。ある程度はスピードに対応できた気がする。

「立花のパワーに耐えて、慎二のスピードにもついていける。これって、すごいことよ」

そこまで言うと、光莉は急に声を潜めた。

「本城先輩、口にこそ出さないけど、陽太のことをずいぶん意識してるんじゃないかな」

「どういうことですか？」

陽太もつられて声を潜める。

すると、光莉は周囲をさっと見まわした。誰かに聞かれることを警戒しているらしい。近くに誰もいないことを確認すると、あらためて口を開いた。

「同じ階級のライバルだと思ってるのよ」

「まさか、そんな……」

「ボクシングのことだけじゃないわ」

光莉の目がリング下に向けられる。

視線をたどると、そこには亜美の姿があった。こちらを心配そうな顔で見ている。陽太が落ちこんでいるのではないかと気にしているのかもしれない。選手のケアもマネージャーの仕事のうちだ。

だが、陽太は自分のつまらないミスで負けたことが恥ずかしくてならない。まともに亜美の顔を見ることができなかった。

「どういうことですか」

「恋のライバルってことよ」

「俺なんて、ライバルにならないじゃないですか」

つい自虐的な口調になってしまう。

認めたくないが、本城に勝てる要素はない。ボクシングが強いだけではなく二枚目だ。女性なら誰でも本城を選ぶだろう。戦う前から勝負は決まっている気がした。

「本当にわからないの？」

光莉は呆れたように言うと、息を小さく吐き出す。そして、憐れみの瞳を陽太に向けた。

「ボクシングだけじゃなくて、女心も勉強するべきね」

光莉の言葉が胸に突き刺さる。

なんとなく自覚はあったが、やはり女心がわかっていないらしい。光莉は激励するように陽太の肩をポンポンとたたいた。

「どうして、いろいろ教えてくれるんですか？」

「昨日も言ったでしょ。陽太と亜美ちゃんがくっついてくれないと困るのよ」

もはや陽太の前では恋心を隠すつもりがないようだ。光莉は口もとに笑みを浮かべると、本城に熱い眼差《まなざ》しを送った。

(狙った獲物は逃さないってわけか……)

決してあきらめない根性に感服する。

あれほどひどい仕打ちを受けても、本城を追い求めている。この熱い想《おも》いがあれば、いつか振り向かせることができるのではないか。本城のことは好きになれないが、光莉を応援したい気持ちが芽生えていた。

4

午後練が終了して旅館に戻る。

先ほどのスパーリングでは、よそ見をして負けるという失態を犯した。初心者のようなミスだ。みんなと顔を合わせるのが恥ずかしい。対戦した慎二にも会いづらくて、わざと時間をずらしてシャワーを浴びた。

その結果、夕飯の時間にも遅れてしまった。

大広間に向かうと、すでにほかの部員たちの姿はなく、お膳がひとつだけ残されていた。

（あれって、俺のぶんかな？）

廊下から大広間をのぞいて立ちつくす。誰もいないと、なんとなく入りづらかった。

「すぐに準備しますすね」

背後から声をかけられてドキリとする。

振り返ると、割烹着姿の萌々子が微笑を浮かべていた。黒髪を結いあげているため、白くてほっそりした首スジが剝《む》き出しになっていた。

「すみません、遅くなって……」

「いいんですよ。陽太さんですね。キャプテンから聞いています。ひとりで食べたいだろうから、お願いしますって」

萌々子のやさしい声が心に響く。和樹の気遣いに感謝しながら、大広間に足を踏み入れる。

お膳の前で胡座《あぐら》をかくと、すぐに萌々子がお盆に料理を載せて運んできた。サラダと魚の煮付け、豚肉の陶板焼き、漬物にご飯と味噌汁などが、次々とお膳に並べられる。

「うまそうですね」

煮付けの醬油《しょうゆ》の香りが食欲をそそる。先ほどまで落ちこんでいたが、それでも腹は減っていた。

「どうぞ、召しあがってください」

萌々子は隣で正座をしている。

誰もいないので独り占めだ。なんだか気恥ずかしくて、顔が熱くなるのを感じていた。

「いただきます」

緊張しながら箸を手に取り、料理を口に運んだ。

じつに美味でご飯が進む。今は減量しているわけではないので、一膳だけお代わりを頼んだ。

「はい、どうぞ」

萌々子が微笑を浮かべて、ご飯をよそってくれる。

こんな人がお嫁さんだったら、きっと毎日が楽しいに違いない。そんな夢のようなことをぼんやり考えた。

（そういえば……）

ふと慎二の言葉を思い出す。

――きっと旦那さんと不仲なんだよ。

確かそんなことを言っていた。

慎二の勝手な妄想だが、実際のところはどうなのだろうか。夫婦で離れて暮らすのは淋《さび》しいのではないか。恋愛には疎いが、遠距離はむずかしいというのはよく聞く話だ。

「萌々子さんは、ご結婚されて東京で暮らしていたのですよね？」

さりげなく話を振ってみる。

「はい。女将が復帰するまでの間だけという約束で帰ってきたんです。でも、かれこれ二か月も経ってしまいました」

萌々子はそう言って微笑を浮かべる。

「旦那さんとはずっと会ってないんですか？」

つい気になって尋ねてしまう。

すると、萌々子が黙りこんで妙な間が空いた。その反応を見てはっとする。聞かれたくないことだったのかもしれない。プライベートのことを根掘り葉掘り尋ねるのは失礼だったと反省した。

「調子に乗ってずけずけと……すみませんでした」

慌てて箸を置いて頭をさげる。

額に汗がじんわり滲んだ。気を悪くしたのではないかと思うと、顔をあげることができなくなった。

「スポーツをやっている人は、若くても礼儀正しいのね」

萌々子の穏やかな声が聞こえた。

口調が気さくな感じになっている。すぐに謝罪したのがよかったのか、どうやら怒っているわけではないようだ。

（大丈夫かな……）

恐るおそる顔をあげる。すると、視線が重なって、萌々子は楽しげにふふっと笑った。

「やっぱり気になるわよね」

「す、すみません……」

「謝らなくていいのよ。そうなの、夫とはもう二か月も会ってないの。わたしが単身赴任しているみたいな状態ね」

萌々子はあっさり教えてくれる。

平気なフリをしているが、本当は淋しいのかもしれない。微笑を浮かべていても、どこか陰があるように感じた。

「結婚して三年経っているから、もう新婚ではないけど……ちょっと淋しいかな」

萌々子は当時のことを思い出すように、遠い目をして語り出す。

夫は東京の商社で働いており、萌々子は一年後輩だという。出会ってすぐ恋に落ちて、三年前、萌々子は結婚して専業主婦になった。そして二か月前、母親が入院したため一時的に手伝うことになって帰郷した。

「一か月くらいのはずだったんだけど、当初の予定より母の入院が長引いてしまって……」

「お母さん、心配ですね」

なにか悪い病気なのだろうか。気にはなるが、さすがに突っこんで聞くことはできない。すると、萌々子は自ら静かに口を開いた。

「命にかかわるような病気ではないの。腰を痛めたのよ。最初はただのぎっくり腰だと思ったんだけど、手術することになってしまったの。経過は順調で、今はリハビリをしているわ」

そう言うわりには表情が暗い。

なにか心配なことでもあるのではないか。ただの勘でしかないが、そんな気がしてならなかった。

「あの……大丈夫ですか?」

「なんのこと?」

萌々子が小首をかしげる。微笑を浮かべているが、やはり元気がないように感じた。

「いえ……なんでもありません」

また同じ失敗をくり返すところだった。

陽太が口を閉ざすと、萌々子は顔をまじまじと見つめる。そして、小さく息を吐き出した。

「鋭いのね……」

どういう意味だろうか。今度は陽太が首をかしげた。

「じつはね……夫が浮気をしているみたいなの」

萌々子の口から驚きの言葉が紡がれる。なにやら深刻な話になりそうで、陽太

南 英男

断罪犯

警視庁潜行捜査班シャドー

定価880円（税込）978-4-408-55895-0

非合法捜査チーム「シャドー」の面々を嘲笑う〝断罪人〟からの謎の犯行声明！ 美人検事殺害に続く標的は誰？ 緊迫の傑作警察ハード・サスペンス長編!!

沢里裕二

処女刑事《ショジョデカ》

新宿ラストソング

定価924円（税込）978-4-408-55890-5

書き下ろし

新人女優が、歌舞伎町のホストクラブのビルから飛び下り自殺した。真木洋子×松重豊幸コンビは、若い女性を食い物にする巨悪と決戦へ！ 驚愕の最終巻!?

葉月奏太

ぼくの女子マネージャー

定価869円（税込）978-4-408-55893-6

ボクシング部員の陽太にとって、女子マネージャー亜美は憧れの女。強くなり、彼女に告白したいと練習に励むが……。青春ボクシング官能！

書き下ろし

睦月影郎

淫ら美人教師

蘭子の秘密

定価869円（税込）978-4-408-55896-7

書き下ろし

北関東の高校へ赴任した蘭子。担任するクラスには不良達がいて、襲いかかってくるが……。美人教師が秘められた能力で、生徒や教師を虜にする性春官能。

渋沢栄一・著／**奥野宣之**・編訳

抄訳 渋沢栄一『至誠と努力』

人生と仕事、そして富についての私の考え

定価880円（税込）978-4-408-55899-8

地方の農民の子→幕臣→官僚→頭取→日本資本主義の父。史上最強のビジネスマン・渋沢栄一の思考法。

推し本、あ

近藤史恵
たまごの旅人

ままならなくても不安でも――
目指すは未知の世界!

ひよっこ旅行添乗員・遥は、異国の地でひとり奮闘を続けるが、思わぬ事態が起こり……人生の転機と旅立ちを描くウェルメイドな物語。

蒼月海里
海風デリバリー

書き下ろし

実業之日本社文庫 初登場!!

GROW

蒼月海里が描く、瑞々しい超感動作!

高校を卒業し「かもめ配達」に就職した海原ソラは、様々な人と触れ合い成長していくが……。東京湾岸を舞台にした〝爽快&胸熱〟青春お仕事ストーリー!!

定価**770**円(税込)978-4-408-55885-1

※定価はすべて税込価格です(2024年6月現在)13桁の数字はISBNコードです。ご注文の際にご利用ください。

はうなずくこともできずに固まった。

「社内結婚だったから、夫の会社に知り合いがいるの。夫が若いＯＬとホテルに入るところを見たって教えてくれたのよ」

淡々とした口調になっている。

無理に感情を抑えこんでいるのではないか。どこか陰があるように感じたのは夫の浮気が原因だったのだ。

一か月の予定が二か月になった。その間に夫は浮気をしたらしい。会えない時間が長くなり、夫婦の間にすれ違いが生じたようだ。

――きっと旦那さんと不仲なんだよ。

またしても慎二の言葉を思い出す。

当たらずといえども遠からずといった感じだ。だからといって、萌々子が慎二になびくとは思えなかった。

「わたしのことばかり話してごめんなさい。陽太さんも、練習で大変なことがあったのでしょう？」

萌々子が気を取り直したように作り笑顔を浮かべる。

無理をしているのがわかるから、痛々しく感じてしまう。なんとかしてあげたくても、自分にはどうすることもできないのがもどかしかった。

「俺のなんて、たいしたことではないです」

話すのも恥ずかしくて、笑ってごまかす。

陽太は自分のミスで落ちこんでいただけだ。萌々子の話を聞いたら、ちっぽけなことだと思えた。

「彼女はいるの？」

唐突に質問されて、亜美の顔が脳裏に浮かんだ。

「い、いえ……」

「彼女がいれば、悩みを聞いてもらえるのにね」

しみじみとした言いかたになっていた。

夫のことを思っているのではないか。離婚を考えているようには見えない。本当は早く東京に帰りたいに違いなかった。

「好きな子はいるの？」

再び質問されて思わず黙りこんだ。

亜美との距離はいっこうに縮まらない。それどころか、本城が狙いを定めているのだ。このままだと告白する前に取られてしまう。そう思うと焦りばかりがふくらんでいく。

「なんかごめんなさい。急にヘンなことを聞いて」

「いえ、そんな……」

謝られると困ってしまう。陽太は慌てて立ちあがった。

「そろそろ行きます。ごちそうさまでした」

つい長居してしまった。陽太が歩き出すと、萌々子も腰をすっと浮かせてついてきた。

「お粗末さまでした」

笑顔を向けられて思わず視線をそらす。

慎二が夢中になる気持ちもわかる気がした。大広間の入口までいっしょに歩いて、萌々子が襖《ふすま》を開いてくれた。

5

「本城先輩……」

廊下に出たとき、亜美の声が聞こえてはっとする。

どうやら本城といっしょにいるらしい。姿は見当たらないが、廊下の端にある階段のあたりから聞こえた。陽太が固まると、萌々子もなにかを察したのか動きをとめた。

「亜美ちゃん、いいだろ？」

本城の声も聞こえる。

なにやら妖しい雰囲気だ。いったい、なにをやっているのだろうか。胸騒ぎがする。陽太は無意識のうちに足音を忍ばせて階段に歩み寄った。そして、廊下の角から階段をそっとのぞく。

（なっ……）

喉もとまで出かかった声をギリギリのところで呑《の》みこんだ。

薄暗い階段の隅で、亜美が本城に抱きしめられていた。しかも、唇を奪われている。亜美は顔を上向かせて目を閉じていた。

（そ、そんな、ウソだろ……）

激しいショックを受けて目眩《めまい》を覚える。慎二の右ストレートを喰らったときよりも、足もとがふらついた。

危うく尻餅をつきそうになったとき、背後から萌々子が支えてくれる。しっかり抱きしめられて、そのまま大広間に連れ戻された。

「大丈夫?」

襖を閉めると、萌々子が心配そうに顔をのぞきこむ。陽太は口を開くこともできず、無言で小さくうなずいた。

「とにかく座って」

萌々子に言われるまま、畳の上に腰をおろす。

胡座をかくと、がっくりとうな垂れる。体から力が抜けて、もう立ちあがる気力もなかった。

先ほど目にした光景が、頭のなかをグルグルまわっている。

亜美の睫毛《まつげ》が微《かす》かに震えていた。うっとりした表情に見えたのは気のせいだろうか。とにかく、本城の太い腕にしっかり抱きしめられて、唇がぴったり重なっていたのは間違いない。

(どうして……どうしてだよ)

心のなかで何度もつぶやく。

鼻の奥がツーンとなり、涙がこみあげそうになるのを懸命にこらえる。それでも悲しみを抑える術《すべ》はない。胸が苦しさに耐えかねて、奥歯をギリギリと食いしばった。

「もしかして、陽太さんの好きな子って……」

萌々子が隣でしゃがんで、背中をそっと撫《な》でてくれる。手のひらからやさしさが伝わり、傷ついた心に染みわたった。

「ダメだったみたいです……は、ははっ」

涙は見せたくないので、強がって笑おうとする。だが、頬の筋肉がひきつってうまく笑えなかった。

「陽太さん……慰め合いましょう」

萌々子は陽太の目を見つめると、意を決したように語りはじめた。

意味がわからず見つめ返す。すると、萌々子は割烹着の裾をつまんでまくりあげると頭から抜き取った。なかに着ていたTシャツも脱いで、ベージュのブラジャーが露《あらわ》になる。

大きな乳房がカップに寄せられて、魅惑的な深い谷間を作っていた。いかにも柔らかそうで、思わず生唾を飲みこんだ。

「あ、あの……なにを?」

尋ねる声がかすれてしまう。

もしかしたら、誘われているのだろうか。陽太が落ちこんでいるので、慰めてくれるつもりなのかもしれない。

「もう従業員はみんな帰ったわ」

萌々子はいったん立ちあがってスカートもおろしていく。さらにストッキングも脱ぎ去れば、ベージュのパンティが現れた。

「ここなら誰も来ないから安心して」

「そ、そういうことじゃなくて……」

困惑して言葉につまってしまう。

明かりが煌々《こうこう》と灯《とも》る大広間で、若女将の萌々子が下着姿になったのだ。くびれた腰やむっちりした太腿《ふともも》から、人妻の色香がムンムンと漂っている。いけないと思っても、女体から視線をそらせなくなった。

「夫の浮気は許せないけど、離婚をするつもりもないの。でも、このままだとモヤモヤするから……」

萌々子はそう言いながら両手を背中にまわした。

もしかしたら、ブラジャーのホックをはずすつもりではないか。童貞でもそれくらいのことはわかる。

「ちょ、ちょっと待ってください」

これ以上はまずいと思って、慌てて声をかけた。

「ど、どういうことですか？」

「わたしも浮気をすれば、夫と立場が同じになるでしょう。そうすれば、夫を許せると思うの」

萌々子は淋しげな瞳になっている。

つまり夫への意趣返しで、陽太と浮気をするつもりらしい。だが、それには大きな問題があった。

「陽太さんも淋しいでしょう。今だけ慰め合ってもいいんじゃない？」

「で、でも、俺……」

「もしかして、経験ないの？」

ためらう陽太を見て察したらしい。萌々子がやさしい声でささやいた。

「じ、じつは……」

言いよどんで顔をうつむかせる。

童貞だと知られるのは恥ずかしい。昨夜、光莉に手でしごいてもらったが、それ以上のことは経験がなかった。

「はじめてがわたしだったら、いや？」

萌々子が隣で横座りをして尋ねる。

むっちりした太腿が視界に入った。パンティが貼りついた恥丘も気になって仕方がない。

亜美の笑顔が脳裏をよぎる。だが、直後に本城とキスをしている顔に塗り替えられた。

「い、いやじゃないです……」

絞り出すような声でつぶやく。今はなにもかも忘れたい。童貞とともにいやな記憶を捨て去りたかった。

6

萌々子がブラジャーを取り去り、双《ふた》つの乳房が剝き出しになる。

たっぷりしたふくらみは、下膨れした釣鐘形だ。白くてなめらかな肌が、身じろぎするたびに柔らかく波打った。曲線の頂点には、濃い紅色の乳首が鎮座している。

（こ、これが、萌々子さんの……）

つい凝視してしまう。

すると陽太の視線を感じたのか、乳輪がふっくらと盛りあがり、乳首もビンビンに硬くなった。

「そんなに見ないで……恥ずかしい」

萌々子はそう言いながら、体育座りになってパンティをおろしていく。

すると恥丘を彩る陰毛が目に入った。自然な感じで茂っており、毛量が多くて黒々としている。清らかな雰囲気と釣り合わない感じがして、妙に艶《なま》めかしく感じた。

これで萌々子は全裸になった。黒髪を結いあげているため、ふとした瞬間に見える白いうなじが色っぽい。後れ毛が二、三本垂れかかっているのも、どうしようもなく牡《おす》の欲望を煽《あお》り立てた。

「陽太さんも脱いで」

萌々子が顔を赤く染めてささやく。

自分だけ裸なのが恥ずかしいのかもしれない。陽太は急いで服を脱ぎ捨てて裸になる。萌々子の裸体を目にしたことで、すでにペニスは芯を通して、天井に向かって屹立《きつりつ》していた。

「すごいのね」

萌々子の瞳がねっとり潤んでいる。陽太の股間をチラチラ見ては、熱い吐息を漏らした。

（み、見られてる……）

勃起したペニスを見られるのは恥ずかしい。

だからといって手で隠すと、もっと恥ずかしくなりそうだ。剝き出しのまま視線を感じることで、さらにそそり勃《た》っていく。亀頭は破裂しそうなほど張りつめて、尿道口から透明な汁が溢《あふ》れていた。

「横になって」

どうすればいいのかわからずとまどっていると、萌々子が肩を抱いて仰向けに寝かせてくれる。

「わたしにまかせてくれれば大丈夫よ」

萌々子は添い寝の体勢になり、陽太の耳もとでささやいた。

甘い声とともに熱い息が耳のなかに入ってくる。ゾクッとするような快感と興奮、それに期待が全身にひろがった。

「キスはしたことあるの？」

至近距離から見つめられてドキドキする。

「な、ないです」

「それなら、キスは本当に好きな人のために取っておいたほうがいいわね」

萌々子はそう言って目を細める。

今さらどうでもよかった。亜美と本城がキスをしている場面が脳裏に浮かんで思わず目を強く閉じた。

「大丈夫よ。全部、忘れさせてあげる」

柔らかな声音が耳に心地いい。

萌々子の手が胸板に乗り、円を描くようにゆったりと撫でまわす。指先が乳首をかすめて、思わず体がピクッと反応した。

「うっ……」

「敏感なのね」

萌々子は微笑を浮かべると身体《からだ》をさらに近づける。そして、陽太に覆いかぶさるようにして乳首に唇を重ねた。

「ううっ」

またしても声が漏れてしまう。

柔らかい唇が乳首に軽く触れただけで、甘い刺激が波紋のようにひろがる。乳首がこんなに感じるとは知らなかった。

「気持ちいいのね」

萌々子はうれしそうにささやくと、唇を乳首にかぶせてチュッと吸う。さらには舌を這《は》わせて、ネロネロと舐《な》めまわした。

「くうッ、そ、そんなこと……」

とてもではないが黙っていられない。思いがけない愛撫《あいぶ》を受けて、体が小刻みに震え出した。

「ピクピクしちゃって、かわいい」

萌々子は左右の乳首を交互に吸っては、舌で転がして唾液を塗りつける。

そんなことをくり返されて、乳首はぷっくり充血してしまう。すると、ますます敏感になり、舌が這いまわるたびに体がくねった。

「そ、そんなにされたら……ううッ」

「こっちはどうなってるのかな」

萌々子の手が下半身へと滑っていく。そして、雄々しく反り返っている肉棒をやんわりとつかまれた。

「くううッ」

指が巻きついただけで快感が湧きあがる。

我慢汁がどっと溢れるのがわかり、慌てて尻の筋肉を引きしめた。そうでもしなければ、快楽に流されてしまいそうだった。

「カチカチよ。すごいのね」

萌々子がうっとりした顔でささやく。そして、ペニスをゆるゆるとしごきはじめた。

「うわっ、ま、待ってくださいっ」

乳首を舐められながら、ペニスをしごかれる。

経験したことのない強烈な刺激が全身を駆けめぐり、じっとしていられず体を思いきり仰《の》け反《ぞ》らした。

「そんなに気持ちいいの?」

「は、はい……うううッ」

ふくれあがった射精欲を懸命に抑えつける。

昨日、光莉の愛撫を経験していなければ、暴発していたかもしれない。それほどの快感が全身にひろがっていた。

「それじゃあ、挿《い》れる？」

萌々子が頬を桜色に染めてささやく。

その言葉だけで、興奮が一気に高まる。萌々子のように美しい女性から、そんなことを言ってもらえるとは信じられなかった。

「わたしも久しぶりだから……」

萌々子の瞳はねっとり潤んでいる。

夫のもとを離れて二か月が経ち、欲求不満がたまっているのかもしれない。腰をくねらせており、呼吸もハアハアと乱れていた。

「い、挿れたいです」

陽太は素直に欲望を口にする。

この状況で我慢できるはずがない。ペニスはかつて経験したことがないほど張りつめている。暴発する前に挿入したい。そして、童貞を捨てるのと同時にいやな記憶を消し去りたかった。

「わたしが上になるね」

萌々子は身体を起こして陽太の股間にまたがる。両膝の下に座布団を敷いた騎乗位の体勢だ。

そそり勃ったペニスの真上に、萌々子の股間が迫っている。

白い太腿のつけ根に赤々とした陰唇が見えた。ペニスをしごいたことで気分が高まったのかもしれない。すでに大量の華蜜が溢れており、二枚の花弁がヌラヌラと濡《ぬ》れ光っていた。

（萌々子さんも興奮してるんだ……）

そう思うと、陽太の気持ちも高揚する。ただでさえ硬く勃起しているペニスがビクンッと撥ねた。

「すごく元気なのね」

萌々子は太幹をつかむと、先端を膣口《ちつこう》に導く。そして、腰をゆっくり落としはじめた。

「それじゃあ、挿れるわよ」

「も、萌々子さんっ」

亀頭が陰唇に触れて、クチュッという湿った音が響く。その直後、ペニスの先端が熱い粘膜に包まれた。

「ああァッ、入ったわ」

「くううぅッ、き、気持ちいいっ」

萌々子の喘《あえ》ぎ声と陽太の呻き声が重なった。

己の股間に視線を向ければ、亀頭が膣のなかに埋まっている。その光景を目にしただけで、頭のなかが熱く燃えあがった。

（は、入ってる……俺、セックスしてるんだ！）

腹の底から悦《よろこ》びがこみあげる。

ついに童貞を卒業したのだ。そう思うと、なおさら体が敏感になり、快感が大きくなった。

「すごく大きい……はンンっ」

萌々子がさらに腰を落として、ペニスがズブズブと沈んでいく。あっという間に根もとまでつながり、さらなる愉悦の波が押し寄せる。

「くううぅッ」

もはや意味のある言葉を発する余裕はない。濡れた膣襞《ひだ》が亀頭と竿にからみついて、自然と呻き声が溢れ出した。

経験したことのない凄《すさ》まじい快感だ。膣がもたらす甘くて強い刺激が、ペニスから四肢の先へとひろがっていく。射精欲が一気に高まり、慌てて全身の筋肉に力をこめた。

「あああッ、硬い……硬いわ」

萌々子が譫言《うわごと》のようにつぶやき、腰をねちねちと振りはじめる。

ペニスを根もとまで挿入した状態で、陰毛を擦《こす》りつけるような前後動だ。ピストンのように激しい快感はないが、密着している感じがたまらない。性器同士はもちろん、萌々子の内腿が陽太の腰にぴったり重なっていた。

「硬いからゴリゴリ擦れるの……ああンっ」

萌々子は両手を陽太の腹において腰を振る。

張り出したカリが膣壁にめりこむのが感じるのか、前後だけではなく円運動も加えはじめた。ねちっこくまわされると、ペニスが四方八方から刺激されて新たな愉悦がひろがった。

「そ、そんな……くうううッ」

「気持ちいいのね。ああッ、わたしも気持ちいいわ」

「うううッ……うううッ」

快感の大波が押し寄せるたび、懸命に奥歯を食いしばる。

気を抜くと、すぐに暴発してしまいそうだ。いくらはじめてのセックスとはいえ、すぐに射精するのは格好悪い。それにこの快楽を少しでも長く味わいたくて必死に耐え忍んだ。

「我慢しなくていいのよ」

萌々子はそう言いながら、腰の動きを加速させる。股間をクイクイとしゃくりあげて、深く埋まっているペニスを絞りあげた。

「ううぅッ、き、気持ちいいっ」

「ああッ、い、いいっ、あああッ」

萌々子の喘ぎ声も大きくなる。

大きな乳房が目の前でタプタプ揺れているのも刺激になり、射精欲がどんどん盛りあがっていく。無我夢中で手を伸ばして、双つの乳房を揉《も》んでいた。

（や、柔らかい……なんて柔らかいんだ）

この世のものとは思えない感触だ。

ほんの少し指を曲げるだけで、柔肉のなかに沈みこんでいく。蕩《とろ》けるような感触が心地いい。先端で揺れる乳首を摘《つ》まんでみる。弾力があるのにコリコリしていて、延々といじりたくなってしまう。

「そ、それ、感じるわ……あああッ」

萌々子の喘ぎ声が切羽つまってくる。

いきなり両膝を立てると、腰を上下に振りはじめた。これまでのネチネチした動きとはまったく違う。まるで右ストレートを連打しているような状態だ。ペニスが勢いよく出入りをくり返して、凄まじい快感がひろがった。

「おおおッ、す、すごいっ」

「ああッ……あああッ」

「も、もうっ……おおおおッ」

これ以上は耐えられない。目で必死に訴えると、萌々子は腰を激しく振りながらうなずいた。

「だ、出して、いっぱい出してっ」

「おおおッ、で、出るっ、出る出るっ、くおおおおおおおおッ！」

ついに歓喜の瞬間が訪れる。陽太は腰をまったく動かさないまま、射精に追いこまれた。膣のなかでペニスが暴れまわり、精液が凄まじい勢いでドクンッ、ドクンッと噴きあがった。

激しい腰振りの連打にさらされて、耐えきれずに昇りつめた。

快感で目の前がまっ赤に染まる。なにも考えられなくなり、ただ女体がもたらす悦楽に溺れていく。

「あああッ、あ、熱いっ、あああッ、はあああああああッ！」

精液を注ぎこまれたことで、萌々子も艶めかしい声を響かせる。

騎乗位でつながった女体が大きく仰け反り、感電したようにガクガクと震え出す。膣が猛烈に締まって、ペニスをこれでもかと締めつけた。

（す、すごい……おおおおッ）

絶頂している最中に刺激されることで、快感がさらに大きくなる。

気が遠くなるような愉悦の波に呑まれて、睾丸《こうがん》のなかが空になるまで射精しつづけた。

第四章　敗者の美学

1

合宿四日目の早朝、陽太は心ここにあらずの状態でランニングしていた。集団の最後尾をやっとの思いでついていく。フラフラしているのは、砂浜に足を取られているせいだけではない。

ハードな練習で疲労が蓄積しているうえに、昨日は思いがけずはじめてのセックスを経験したのだ。自分は仰向《あおむ》けになっているだけで、ほとんど動いていないのに、なぜか全身が筋肉痛になっていた。

射精を懸命に耐えたことで、よほど力が入っていたに違いない。ふだんから鍛えているにもかかわらず、とくに足腰の筋肉が張りつめていた。

だが、それだけなら大きな問題ではない。

むしろ筋肉痛は童貞を卒業した証《あかし》ということで、誇らしい気分になってもおかしくなかった。そうならなかったのは、体ではなく心に深刻なダメージを負っているからだ。

今朝も空は気持ちよく晴れ渡り、眩《まばゆ》い日の光が青い海に反射している。静かに打ち寄せる波の音も心地よい。ところが、陽太の心は二度と立ち直れないほど深く落ちこんでいた。

（まさか、あんなことに……）

砂浜を何往復も走りながら、心のなかでぽつりとつぶやく。

スタート地点に立っている亜美を見るたび、昨夜の光景が脳裏によみがえってしまう。本城が亜美を狙っているのはわかっていた。しかし、抱きしめられてキスをしている姿は、あまりにも衝撃的だった。

はじめてセックスした悦《よろこ》びより、亜美を取られたショックのほうが大きい。浮かれる気持ちなど一ミリもなかった。

前を走っている部員たちの先頭に視線を向ける。本城の背中が見えて、抑えきれない苛立《いらだ》ちがこみあげた。

（どうして、あんなやつと……）

思わず奥歯を強く嚙んだ。

三日前には光莉の恋心を利用する形でセックスをして、昨夜は亜美の唇を奪ったのだ。そんな男がＯＢだというのが腹立たしい。しかも、ボクシングでは手も足も出ないのが悔しくてならなかった。

「元気ないな」

慎二が走るスピードを落として、陽太の隣に並ぶ。そして、横顔をチラチラと見やった。

「俺にやられたのが、そんなに悔しいのか」

昨日のスパーリングのことを言っているのだろう。

確かに慎二の右ストレートでダウンしたのは悔しいが、それで落ちこんでいるわけではない。

「別に……」

走りながら小声で返す。

そのとき、ちょうど亜美の前に差しかかる。無意識のうちに視線が吸い寄せられて、胸の奥がせつなく痛んだ。

「亜美ちゃんのことか？」

慎二が小声でささやく。

いきなり図星を指されてドキッとする。亜美に片想《かたおも》いしていることは誰にも話していない。それなのに、どうしてわかったのだろうか。思わず隣に視線を向けると、慎二は片頬に笑みを浮かべた。

「わかりやすいんだよ」

「なにがだよ」

憮然《ぶぜん》として言い返す。

なんとかごまかそうとするが、慎二はニヤニヤ笑っている。自信満々といった感じで、見透かすような目を向けていた。

「おまえ、いつも亜美ちゃんのこと見てるもんな」

「み、見てねえよ」

「隠すことないだろ。とっくの昔から気づいてるぞ。親友の目を舐《な》めるなよ」

慎二は一歩も引こうとしない。どうやら確信しているようだ。どうしてバレたのだろうか。

「いつから気づいてたんだよ」

陽太は小声でつぶやいた。

ごまかせないと思ってあきらめる。これ以上、違うと言い張ったところで滑稽なだけだ。

「去年の夏合宿のときには気づいてたな」

慎二はあっさり打ち明ける。

そんな前から気づかれていたとは思いもしない。自分では完全に隠せているつもりでいた。

「マジかよ」

「だから言っただろ。陽太はわかりやすいんだって」

慎二は屈託のない笑みを浮かべている。

陽太の気持ちを知っていたのに、これまで黙っていたのだ。こちらから打ち明けるのを待っていたのかもしれない。

「そうか……笑いたければ笑えよ」

「どうして笑うんだよ」

慎二は不思議そうにつぶやいた。

「だって、どうせ無理だって思うだろ」

「バカ野郎っ、試合がはじまる前からあきらめるのか」

気持ちが昂《たかぶ》ったのか、慎二の声が大きくなる。

打ち寄せる波の音がかき消してくれたが、すぐ前を走っている部員には聞こえたらしい。なにごとかといった顔で振り返った。

「人を好きになるのはいいことだろ。俺は応援するぜ」

「慎二……」

「俺たち親友だろ、水くさいぞ。ひとりで悩んでないで、どうして相談しなかったんだよ」

力強い言葉が心に響く。

笑われると思って、これまで懸命に隠していた。こんなことなら、とっとと打ち明けておけばよかった。

「協力するから告白しろよ」

慎二がうれしいことを言ってくれる。心強い言葉だが、陽太は首を左右に力なく振った。

「もう、遅いんだ」

「遅いって、どういうことだよ」

「見ちゃったんだ……」

陽太は小声で語りはじめる。

昨夜、亜美が本城と抱き合ってキスしていた場面を目撃した。そのことを伝えると、慎二は言葉を失って黙りこんだ。

「だから、もう手遅れなんだ……」

「そう言われてみると、本城先輩、前から亜美ちゃんのことを気に入ってたみたいだもんな」

「やっぱり、そう思うか」

陽太は肩を落として顔をうつむかせる。

慎二の目から見ても、本城が亜美を狙っているとわかったのだ。すでにふたりは交際をはじめているのかもしれない。キスをしているくらいなので、その可能性は高いのではないか。

(そうか……そうだよな)

なにもかもがいやになる。

もはや走る気力も湧かなくなってスピードが落ちた。すると、すかさず慎二が腕をつかんで引っぱった。

「なにやってんだ。走るぞ」

「俺、もう無理だよ……」

「一度くらいの失恋で甘ったれるな。この一年で、俺が何十人の女にフラれていると思ってるんだ」

慎二の言葉には説得力がある。

明るくて人当たりのよい男だが、女性にはまったくモテない。そのくせ惚《ほ》れっぽいため、告白しては玉砕することをくり返している。そのたびにフェニックスのように立ち直る姿を何度も目撃してきた。

「じつは、昨日の夜もフラれたんだ」

慎二が小声で告白する。

「えっ、誰にフラれたんだよ」

「萌々子さん……」

そう言われてドキッとする。

昨夜、陽太は萌々子に筆おろしをしてもらったのだ。そのことを絶対に知られてはならないと、あらためて自分の心に誓った。

「大浴場を使えるのは夜中の十二時までだろ。そのあとに、萌々子さんが掃除をするのを知ってたんだ」

慎二は夜中に部屋を抜け出して萌々子に告白したという。

そう言われてみれば、深夜に慎二がゴソゴソと起きる音で目が覚めた。てっきりトイレにでも行ったのだろうと思っていたが、実際はあのとき萌々子のもとに向かったのだ。

「結果は残念だったけど、俺の予想は大方当たってたぞ。旦那が浮気をして、夫婦の危機だったらしい。だけど、なにか心境の変化になるきっかけがあったみたいだ。それで、旦那を許すことにしたんだってさ」

「そ、そうなんだ……」

陽太はなにも知らないフリをするしかなかった。

(やり直すことにしたんだな……)

ただ筆おろしをしてもらっただけではない。あのセックスが萌々子にとってもプラスになったのならよかった。

しかし、だからといって亜美をあきらめきれない。心に負った傷は、そう簡単に癒えそうになかった。

2

ランニングが終わり、ダッシュの前に少し休憩する。

陽太と慎二は並んで砂浜に座りこみ、青い海に視線を向けた。

日の光が降り注いで、海面がキラキラと光っている。ふたりとも黙って口を開かないが、隣にいるのが愛《いと》しい人だったらいいのにと思っていた。

「あんたたち、ランニング中におしゃべりしてるんじゃないわよ」

ふいに声をかけられてドキッとする。

気づくと、すぐ横に光莉が立っていた。陽太と慎二が話しているのが気になっていたのだろう。光莉はふたりの顔を鋭い視線でにらみつける。ところが、すぐに怪訝《けげん》そうな表情を浮かべた。

「ふたりとも冴《さ》えない顔して、なんかあったの？」

一転して心配するような口調になる。ふたりの様子から、なにかを感じ取ったらしい。

「こいつ、フラれたんです」

「こいつもですよ」

慎二に言われて陽太も即座に言い返す。ふたりは思わず顔を見合わせると、力なく笑った。

「ふたりともフラれたのね」

光莉はやさしい表情になっている。

陽太も慎二も失恋したばかりだ。陽太はすっかり沈んでおり、慎二は懸命に強がっていた。

「ところで、陽太が落ちこんでるってことは……亜美ちゃんが本城先輩と?」

「はい……キスしてるのを見ちゃったんです」

「ウソでしょ」

光莉が絶句する。

つらいニュースに違いない。本城が亜美とキスをしていたと知って、明らかにショックを受けていた。

「陽太……あなたが亜美ちゃんとくっついてくれないと、わたしが困るのよ」

光莉も力が抜けたように砂浜に座りこむ。そして、虚《うつ》ろな瞳を海に向けた。

「もしかして、本城先輩のことを……」

慎二がまさかという顔で光莉を見やった。

「うん……ずっと想ってるんだけど、届かないんだよね」

ひどく淋《さび》しげな声になっている。

光莉も心を痛めているに違いない。しかし、どこかあきらめているようにも見える。きっと本城の気持ちが光莉に向くことはない。そのことを悟っているから暗い表情を浮かべているのだろう。

今、三人は失恋のまっ最中だ。ボクシングに集中したい気持ちはあるが、心が疲弊しきっていた。

「陽太はいいよな……」

慎二がぽつりとつぶやく。

「どうしてよ」

光莉が力なく尋ねた。

「だって、光莉先輩が応援してるじゃないですか。ああっ、誰か俺のことも応援してくれよぉっ！」

いきなり、慎二が海に向かって大声で叫ぶ。すると、直後に光莉がぷっと噴き出した。

「うるさいんだよ。あんたは立ち直りが早いから大丈夫でしょ」

「俺、立ち直り早いですか?」

「それが、慎二のいいところでしょ。でも、ちゃんとあんたのことも応援してるわよ。心のなかでね」

「マジっすか。俺のことも応援してたんですね」

慎二の声に生気が戻る。

立ちあがるなり、砂浜で軽快にシャドーをはじめた。光莉に応援していると言われたのが、よほどうれしかったらしい。どこまで単純な男なのだろうか。

「慎二って、本当にバカだよね」

光莉がそう言って笑う。

瞳が潤んでいる。笑いながら泣いていた。光莉は涙を浮かべながら、慎二のシャドーを見つめている。

(慎二……俺はおまえがうらやましいよ)

陽太は思わず心のなかでつぶやいた。

自分も慎二のように打たれ強くなりたい。亜美を簡単にあきらめることはできないが、だからといって、どうすればいいのかわからなかった。

「ようし、ダッシュはじめるぞ」

和樹の声が聞こえる。

ダッシュよりも、なにかを思いきり殴りたい気分だ。

陽太と光莉も立ちあがると、慎二の隣でシャドーをはじめた。涙をこらえながら、海に向かってパンチを放った。

3

朝練と午前練をいつもどおりに終えて、午後練がはじまった。

陽太は昨日、軽いとはいえダウンをしているため、念のためスパーリングは行わない。その代わり、サンドバッグ打ちとミット打ちで汗をたっぷり流した。練習をしている間はいやなことを忘れられる。だから、思いきりパンチを打ちつづけた。

午後の練習は早めに切りあげることになった。

今日は休養を兼ねた海水浴だ。合宿前に行われたミーティングで、あらかじめ全員が水着を持参するように言われていた。いったん宿に戻り、水着に着替えて砂浜に向かった。

まだ午後三時半になったばかりだ。

太陽が眩《まぶ》しく、海はキラキラ光っている。最高の海水浴日和だ。時間はたっぷりある。日が落ちるまで、ゆっくり楽しめるだろう。

「よし、ナンパに行こうぜ」

海水パンツを穿《は》いた慎二が、浮かれた調子で話しかけてくる。目をギラつかせて、落ち着きなく砂浜を見まわしていた。萌々子のことは完全に吹っきれたのか、それとも無理やり気持ちを切り替えたのか。とにかく、はるか彼方を歩いているビキニのふたり組に狙いを定めていた。

「俺はいいよ。このへんで日に焼いてるよ」

陽太は断ると、海水パンツ一枚で砂浜に寝転がった。

このあたりは砂浜の端のほうで、少し行くと岩場になる。そのため、海水浴客はほとんどいないので静かだ。ほかの部員たちは、海の家があるほうに向かって歩いていた。

そのなかには亜美と本城の姿もあった。

亜美はピンクのビキニに身を包んでいる。露出した白い肌が眩しくて、思わず見つめてしまう。大きな乳房とプリッとした尻、それに恥ずかしげな表情が愛らしい。

だが、本城が寄り添っている。鍛えた体を見せつけたいのか、競泳用の海水パンツを穿いていた。

（なんだよ……）

思わず腹のなかで吐き捨てる。

すでにふたりがつき合っているのかどうかはわからない。とにかく、亜美は本城に誘われるまま歩いていた。

「俺たちも早く行こうぜ。向こうに行けばかき氷も売ってるぞ」

慎二が焦《じ》れたようにまくし立てる。

だが、陽太はここから離れるつもりはない。亜美と本城がイチャついている姿を見たくなかった。

「ひとりでのんびりしたいんだ」

「ノリが悪いな。俺はひとりでも行くぜ」

慎二はスキップするような足取りで、みんなのあとを追いかける。

本気でナンパするらしい。しかも、なぜか成功すると思っている節がある。その自信がどこから来るのか不思議でならないが、常にポジティブなところは見習いたかった。

「がんばれよ」

去っていく親友の背中に声をかける。そして、陽太は静かに目を閉じた。

夏の熱い日差しを浴びて、瞼《まぶた》の裏が赤く染まる。汗が噴き出して、肌がジリジリと焼けていく。

こんなときでも、脳裏に浮かぶのは亜美と本城の姿だ。忘れたいのに忘れられない。ふたりの唇が重なるシーンをどうしても思い出してしまう。

（クソッ……）

心のなかで吐き捨てて、思わず顔をしかめる。

そのとき、赤く染まっていた瞼の裏が黒くなった。どうやら日差しが遮られたらしい。急に雲が出て、太陽が隠れたのだろうか。

不思議に思って目を開ける。すると、誰かが陽太の顔をのぞきこんでいた。眩い太陽をバックにしているため、陰になって顔が見えない。

（誰だ？）

黒いビキニで女性だというのはわかった。

すぐ隣に立っており、両手を膝について前屈《かが》みになっている。自分の腕で乳房を中央に寄せる形になって、谷間が強調されていた。

「ひとりでなにやってるの？」

やさしげに語りかける声に聞き覚えがある。

光莉だ。周囲を見まわすが、ほかには誰もいない。なぜか光莉はみんなといっしょに行動せず、この寂れた砂浜に残っていた。

「日に焼いてるんですよ」

陽太はそっけなく答える。

本当は亜美と本城がいっしょにいるのを見たくないだけだ。だが、そのことを口に出したくない。徹底的に現実から目をそむけて、すべてをなかったことにしたかった。

「そうなんだ。わたしは、本城先輩と亜美ちゃんが寄り添っているのを見たくなかったの」

光莉は風に靡《なび》く黒髪を片手で抑える。

微笑を浮かべているが、淋しさは隠せていない。それでも、陽太とは正反対にさらりと本音を語った。

「光莉先輩……」
陽太は思わず体を起こして砂浜で胡座《あぐら》をかいた。
勝ち気な性格なのに、恋愛の話になると意外に素直だ。決して意地を張ること
なく、弱音を曝《さら》け出した。
(こういう人が、本当に強いのかもしれないな……)
ふとそんな気がして、海をバックに立つ光莉を見あげる。
スラリとした脚にはムダ毛が一本もない。黒いビキニは布地の面積が少ないセ
クシーなデザインだ。乳房と股間を覆う布以外は紐《ひも》状になっている。ボクシング
で鍛えられた身体《からだ》は引き締まって美しい。くびれた腰のなめらかな曲線に視線を
奪われて、思いがけずドキッとした。
「この水着、どうかな?」
光莉は腰に手を当ててポーズを取る。おどけて見せるが、どこか無理をしてい
るのがわかった。
「いいと思います……」
「本当は本城先輩に見せるつもりで買ったんだよね。これで勝負するつもりだっ
たの。でも、必要なかったな」

そう言うと、光莉は口角をわずかに持ちあげる。

もしかしたら、笑ったつもりかもしれない。だが、頬の筋肉がこわばっているのか、うまく笑えなくなっていた。

「試合がはじまる前に終わっちゃった感じ……」

瞳に涙が滲《にじ》んでいる。

なにか言葉をかけたいが、頭になにも浮かばない。同じく落ちこんでいる陽太に、光莉を元気づけることはできなかった。

「すみません」

「どうして謝るの？」

「気の利いたことが言えなくて……」

申しわけない気持ちになって頭をさげる。すると、光莉が涙ぐみながらも、ふっと笑った。

「そんなこと気にしてるんだ。陽太はやさしいよね」

「だって、光莉先輩の気持ちがわかるから……」

「いっしょにいてくれるだけでいいよ」

光莉が手をすっと伸ばす。そして、陽太の手をやさしく握った。

「ねえ、あっちに行かない？」

視線はみんなのほうではなく、反対側の岩場に向いている。誰もいないが、なにかあるのだろうか。

手を引かれて立ちあがる。そして、導かれるまま歩きはじめた。

「岩場の先に秘密の場所があるの。靴を履いていれば、岩を乗りこえられるんだけど、今は裸足《はだし》だから」

光莉はそう言って海に入る。

大きな岩が海に迫《せ》り出しており、それをまわりこむ。海水の冷たさが、火照った体に心地いい。胸まで海に浸《つ》かり、ほとんど泳ぐようにして岩場の向こう側に到着した。

「へえ、こんな場所があったんですね」

思わず小さな声が漏れる。

大きな岩に囲まれたスペースで小さな砂浜もあり、周囲の視線が完全に遮られている。まるでプライベートビーチのようだ。

「自由時間に見つけたの。いつか本城先輩を誘うつもりだったんだけど、もうそのときは来ないね」

光莉が淋しげに微笑《ほほえ》んだ。

海水で濡《ぬ》れた身体が色っぽい。まじめな話をしているのに、つい視線が向いてしまう。黒のビキニが海水を吸ったことで肌にぴったり貼りついて、乳房と恥丘の形がはっきりわかった。

（光莉先輩って、こんなに……）

ふだんとは違う姿を目にして、胸の鼓動が速くなる。

本城とセックスをしているのを目撃したが、あのときは少し距離があった。こうして目の前で水着姿を見ると、抜群のプロポーションに圧倒された。

「恋愛ってむずかしいね」

光莉がぽつりとつぶやく。

近くの岩に寄りかかり、大海原に視線を向ける。はるか彼方の水平線を見ているのか、眩しげに目を細めた。

「ボクシングで負けたとしても、たくさん練習して同じ相手にやり返すチャンスがあるでしょう。だけど、恋愛だとそうはいかないもの」

「ですよね……」

陽太はうなずきながら、光莉の隣で岩に寄りかかる。

同じように海を見つめて、脳裏に亜美の顔を思い浮かべた。自分は敗者なのだろうか。まだ試合開始のゴングは鳴っていない。だから、いまだに敗北を認められずにいた。

「でも、負けっぱなしは悔しい。いつかは立ちあがらないと……」

光莉が苦しげにつぶやく。声は波の音にかき消されそうなほど小さくなった。

「でも、少しだけ力を貸してほしいの」

「俺にできることなら、なんでも協力します」

「吹っきりたいの」

光莉はそう言うと、陽太の前でしゃがみこむ。両膝を砂浜について、両手の指を海水パンツのウエスト部分にかけた。

「ちょ、ちょっと、なにを……」

「協力してくれるんでしょう」

光莉が濡れた瞳で見あげる。

せつなげな表情をしているから、突き放すことはできない。陽太はためらいながらもうなずいた。

4

海水パンツが引きさげられて、ペニスが剝《む》き出しになる。

まだ縮こまった状態だ。予想外の事態にとまどい、亀頭はがっくり下を向いたままだった。

「本城先輩のことを過去のものにしたいの。忘れることはできないけど、思い出に変えることはできるはず」

光莉はペニスの根もとに指を巻きつけて、ゆったりしごきはじめる。

甘い刺激がひろがり、亀頭が少しずつふくらんでいく。一度反応すると、あっという間だ。竿《さお》がどんどん太くなって、ググッとそそり勃《た》った。

「お、俺は、なにをすれば……」

「陽太はなにもしなくていいわ。ただ、この水着を……本城先輩のために用意した水着を穢《けが》したいの」

光莉が顔を股間に近づける。

まさかと思った直後、柔らかい唇が亀頭にチュッと触れた。さらには舌を伸ばして、亀頭をネロリと舐めあげる。それだけで快感がひろがり、腰がビクビクと反応した。

「くうウッ、そ、そんなこと……」

たまらず快楽の呻《うめ》き声が溢《あふ》れ出す。

ペニスを舐められるのは、これがはじめての経験だ。柔らかい唇と唾液をたっぷり乗せた舌の感触に陶然となる。敏感なカリの周囲をぐるりと舐められて、くすぐったさをともなう愉悦がふくれあがった。

「しょっぱい……」

光莉は亀頭を舐めまわすと小声でつぶやいた。

海水で濡れているせいなのか、それとも尿道口から我慢汁が溢れているせいなのか。もしかしたら、その両方なのかもしれない。いずれにせよ、光莉は我慢汁が付着するのも構わず、舌を亀頭に這《は》わせつづける。

「ううッ、そ、そんなにされたら……」

「気持ちいいの？」

「は、はい……き、気持ちいいです」

震える声でなんとか返事をする。

己の股間を見おろせば、美しい先輩がペニスを舐めているのだ。視覚からも刺激を与えられて、興奮がどんどん加速する。すでに手でしごかれたときの快感を超えていた。

「す、すごくいいです」

「もっとすごいことしてあげる」

陽太が感じているのがうれしいらしい。光莉は目を細めて言うと、亀頭をぱっくり咥《くわ》えこんだ。

「おおおッ」

とたんに快感が突き抜けて、全身の筋肉に力が入る。

熱い口腔《こうこう》粘膜が亀頭に密着すると、それだけで経験したことのない愉悦の波がひろがった。これで首を振ったら、どうなってしまうのだろうか。考えただけで興奮して、我慢汁が大量に溢れた。

股間を見おろすと、光莉の視線が重なった。胸の鼓動が加速して、ペニスがひとまわり大きく膨張した。

「あふっ……大きい」

光莉がペニスを口に含んだまま、くぐもった声でつぶやく。そして、さっそく首をゆったり振りはじめた。

「ンっ……ンっ……」

鼻にかかった声を漏らしながら、唇で太幹をやさしくしごきあげる。

唾液と我慢汁が潤滑油となり、動きは驚くほどなめらかだ。ゆったりしたペースで、肉棒をヌルリッ、ヌルリッと出し入れする。一往復ごとにペニスが蕩《とろ》けそうな感覚がひろがり、呻き声を抑えられなくなっていく。

「ううぅッ、き、気持ちいいっ、くううぅッ」

気を抜くと、あっという間に射精しそうだ。

セックスとは異なる快感が押し寄せる。全身の毛穴が開いて、汗がどっと噴き出した。

屋外でペニスをしゃぶられているというシチュエーションも、興奮を加速させていた。目の前には海がひろがっており、誰かが泳いでくる可能性もある。そんなスリルが快感をさらなる高みへと押しあげた。

「もっと気持ちよくなって……はむンンっ」

光莉はペニスを根もとまで咥えると、唇を密着させて猛烈に吸引する。

ジュブブブッという下品な音が響きわたり、尿道のなかの我慢汁が強制的に吸い出された。

「くおおおおッ」

危うく射精しそうになり、慌てて全身の筋肉を力ませる。無意識のうちに、背後の岩に両手の爪を立てていた。

セックスを経験していなかったら、今の一撃で暴発していたに違いない。なんとか耐えることはできたが、かなり追いこまれていた。

「意外とがんばるじゃない」

光莉が再び首を振りはじめる。

先ほどまでのゆったりした動きではない。顔面を陽太の股間に打ちつけるようにして、ペニスを猛烈なスピードで出し入れする。我慢汁の量がどんどん増えており、頭のなかが極彩色に染まっていく。

「あふッ……むふッ……はむンッ」

光莉の唇から色っぽい声が漏れる。股間では唾液の弾《はじ》ける音が響いており、聴覚からも興奮を煽《あお》られた。

「も、もうっ、ううウッ、もうダメですっ」

呻きまじりに訴える。

これ以上は耐えられそうにない。射精寸前まで追いこまれて、膝がガクガク震え出す。それでも光莉は首を振りつづける。柔らかい唇でしごかれているペニスが、破裂しそうなほどふくれあがった。

「くうううッ」

言葉にならない呻き声がほとばしる。

その直後、光莉がペニスを口から吐き出した。唾液と我慢汁にまみれた太幹を指で猛烈にしごかれて、こらえにこらえてきた性欲が爆発する。

「おおおおおッ、で、出るっ、おおおおッ、ぬおおおおおおおッ！」

快感で頭のなかがスパークする。精液が勢いよく噴きあがり、光莉の胸もとを直撃した。

なにも考えられなくなり、とにかく快楽に溺れていく。射精中も太幹をしごかれることで、射精の時間が強制的に引き延ばされる。絶頂が長くつづいて、涎《よだ》れを垂らしながら呻いていた。

「熱いっ、あああッ、すごく熱いっ」

光莉の声が聞こえる。

視線をさげると、乳房を包んでいる黒いビキニに白濁液がたっぷり付着していた。放出したザーメンが、光莉のビキニを汚してしまったのだ。

「ううッ……す、すみません」

快楽の大波で揉《も》みくちゃにされながら謝罪する。だが、まだペニスをしごかれており、ドピュッ、ドピュッと精液が何度も噴きあがっていた。

「いいの、もっと出して……もっと汚して」

光莉は呆《ほう》けたような表情でつぶやく。

本城のために用意した水着を穢したいと言っていた。こうして精液まみれにすることで、想いを吹っきるつもりなのかもしれない。

「もっと……もっとよ」

光莉はペニスをしごきながら身体を寄せると、ビキニのカップに亀頭を押しつけた。

「ううッ、光莉先輩っ」

遠慮なく精液を塗りつける。

これで光莉の気持ちが晴れるのなら、いくらでも協力するつもりだ。股間をグイッと突き出せば、ビキニごとペニスの先端が乳房にめりこんだ。

第五章　勝利の女神

1

朝になって目が覚めると、身も心もすっきりしていた。

昨日の午後、休養を取ったのがよかったのかもしれない。陽太は光莉と秘密の時間を過ごすことでリフレッシュできた。

——ありがとう。これで吹っきることができそうよ。

光莉の言葉が耳の奥に残っている。

少しは協力できたのだろうか。実際に吹っきるには、もう少し時間がかかると思うが、きっかけにはなるかもしれない。なにより光莉は努力家だ。きっと自力で立ち直るに違いなかった。

「おまえ、ずいぶんすっきりした顔してるな……」

慎二がぼそりとつぶやいた。

やけに目覚めが悪そうだ。寝癖のついた髪もそのままに、布団の上で胡座《あぐら》をかいてぼんやりしている。

昨日のナンパは大失敗だったらしい。何人もの女の子にアタックしたが、まるで相手にされなかったと悲しそうな顔でぼやいていた。それを引きずっているのか、めずらしく不機嫌そうだ。

「昨日、ゆっくりしたからな」

陽太は当たり障りのない言葉を返した。

光莉との一件はふたりだけの秘密だ。いくら親友でも、慎二に話すわけにはいかない。

――慎二って、わたしのことどう思ってるのかな。

昨日、光莉は急にそんなことを言い出した。

慎二のことが気になっているらしい。陽太がストレートに尋ねると、光莉はくすぐったそうに笑った。

──だって、あいつ、バカだけどいいやつじゃない。

その言葉に気持ちがつまっている気がした。

確かに、慎二は単純だけど友達思いのいいやつだ。光莉も面倒見のいい先輩で後輩からも慕われている。陽太もたくさん応援してもらって、恩返しをしたいという思いもあった。光莉と慎二なら、うまくいくのではないか。なんとなくそんな気がした。

「なあ、光莉先輩って、いい人だよな」

さりげなさを装って話しかける。

落ちこんでいる慎二を元気づけたい。ふたりがくっつけば幸せになれるのではないか。そんな気持ちから、つい先走ってしまった。

「なんだよ急に」

慎二が怪訝《けげん》な顔をする。

やはり唐突だったらしい。だが、今さらあとには引けない。パンチのラッシュをしかけるように、そのまま強引に話しつづける。

「灯台下暗しって言うだろ。案外、近くに運命の人がいるんじゃないかと思ってさ。光莉先輩って美人だし、けっこうやさしいところもあるし、プロポーションも抜群だろ」

「まあな……そういえば、昨日、光莉先輩を見かけなかったな。どんな水着だったのか知ってるか？」

「うっ……」

　思わず言葉につまってしまう。

　黒のセクシーなビキニをしっかり拝んでいる。それだけではなく、フェラチオまでしてもらったのだ。しかし、それがバレたら、ふたりをくっつけるどころではない。

「お、俺、ずっと日に焼きながら寝てたから……」

　頬の筋肉がひきつるのを感じながら懸命に言葉を紡ぐ。なんとしても、ごまかさなければならなかった。

「そうだったな……」

　まだ寝ぼけているのか、慎二はあくびをしながらつぶやいた。

「それで、どうなんだよ」

「なにが？」

「だから、光莉先輩だよ。昨日の朝練のとき、慎二のことを心のなかで応援してるって言ってたじゃないか」

陽太の言葉を受けて、慎二はその気になってきたらしい。寝起きでぼんやりしていた顔に、見るみる生気がみなぎってきた。

「そういえば、そうだな……」

立ち直りが早いのが、この男のいいところだ。ボクシングの試合で打たれても、インターバルですぐに回復する。そして、次のラウンドで逆転するということもめずらしくなかった。

「でも、俺、後輩だぞ。光莉先輩、年下でも大丈夫かな？」

「慎二ならいけるよ」

「陽太がそう言うなら、チャレンジしてみるよ」

背中を押すと、慎二は力強くうなずいた。

「ところで、陽太のほうはどうなんだよ」

ふいに話を振られて、陽太は思わず黙りこんだ。

亜美のことはあきらめられない。まだ告白もしていないのに、横から奪われてしまったのだ。しかし、キスの現場を目撃したショックは大きい。今さらどうやってアタックすればいいのかわからなかった。

「パンチは出さないと当たらない。ガードをしてるだけじゃ、よくても判定負けだ。絶対に勝てないんだぞ」

慎二の言葉が胸に響いた。

確かに、そのとおりだ。勝ちたいのなら、カウンターをもらうリスクを承知で手を出すしかない。待っているだけではチャンスはめぐってこないのだ。

2

夏合宿は五日目の最終日を迎えた。

朝練と午前練が終わり、いよいよ午後練の時間になった。この練習が終われば厳しかった夏合宿は終了する。つまり、これが陽太に残された最後のチャンスということだ。

リングでは、次々とスパーリングが行われている。

練習を仕切っているのは本城だ。声をかけられた部員がリングにあがり、激しいスパーリングを展開していた。

「本城先輩っ」

突然、慎二の声がジム内に響きわたる。

本城が次の選手を指名しようとしたときだった。リングの赤コーナーには、先に指名されたキャプテンの和樹が立っていた。

「俺にやらせてください。ガチのスパーでお願いしますっ」

慎二が自ら名乗り出る。

すると、ジム内にざわめきが起こった。慎二はフライ級で、和樹はライトウェルター級だ。体重の差がありすぎる。慎二は三階級も上の選手に本気の勝負を挑んだのだ。

「それは無謀だな」

本城が一蹴する。

ところが、慎二は引く様子がない。勝手にヘッドギアとグローブをつけるとリングにあがった。

「自分の力を試したいんです。よろしくお願いしますっ」

「仕方ないな。その代わり、俺が危険だと判断したら、すぐにとめるからな」

本城が許可をして、試合形式のスパーリングが行われることになった。

「おまえ、ガチスパーって、なに考えてるんだよ」

陽太は慌てて青コーナーに向かうと慎二に声をかけた。

「俺の生きざまを見せてやるぜ」

「バカっ、なにカッコつけてるんだ」

「これくらいやらないと、光莉先輩をゲットできないだろ」

どうやら、光莉に格好いい姿を見せたいらしい。陽太が煽《あお》ったことで、無謀なスパーリングをやることになったのだ。

責任を感じるが、今さらやめろとも言えなかった。

和樹のパワーと慎二のスピードの対決だ。しかし、リング上で対峙すると、体格差がかなりある。ライトウェルター級の和樹はがっしりしているため、慎二がずいぶん小さく見えた。

「ゴングを鳴らせ」

本城の合図でスパーリングがはじまる。

慎二はさっそく足を使う。和樹の周囲をまわるサークリングだ。すばやいジャブを出しながらチャンスをうかがう。一方の和樹はどっしり構えて、フットワークを使わない。慎二が飛びこんでくるところを迎え撃つ作戦だ。

いきなり、慎二が踏みこんでワンツーを放った。

和樹はパンチをブロックすると前に出る。左右のフックで圧力をかけた。三階級も違えば一発のパンチで試合は終わる。慎二はダッキングでかわしてまわりこむ。位置をすばやく変えると高速ジャブを放った。

「くっ……」

パンチをもらって、和樹が顔を歪《ゆが》めた。

同じような展開がつづき、一ラウンドは残りわずかになる。このまま終わると思ったとき、和樹が前に出て圧力をかけた。慎二がフットワークを使ってまわりこもうとする。その刹那、和樹のパンチがボディを捉えた。

「うぐッ」

重いボディブローを喰《く》らって、慎二が苦しげに唸《うな》る。膝が折れてダウンしそうになるが、クリンチでなんとかこらえた。

一ラウンドはなんとか逃げきったが、二ラウンドに入ると和樹がプレッシャーを強めた。足を使う慎二を追いまわして、強引にパンチを振りまわす。本気で倒しに来ている。これを喰らったらひとたまりもない。慎二は被弾しないようにサークリングするだけで精いっぱいだ。

試合だったら判定負けになる。ガードを固めて逃げまわるだけという慎二がいちばん嫌っている展開だ。

するると、慎二がいきなり前に出た。

和樹が大ぶりのフックを放ったタイミングだ。体勢を低くして和樹の懐に潜りこむと、鋭いアッパーを突きあげる。ナックルは完璧に顎を捉えたが、和樹は怯《ひる》むことなくボディブローをたたきこんだ。

「ぐはッ……」

慎二の顔が苦痛に歪む。一ラウンドのダメージを引きずっていたのだろう。今度は踏んばることができずに崩れ落ちる。マウスピースを吐き出して、リングに這《は》いつくばった。

「ストップ、終わりだ」

無情にも本城の声が響く。これ以上は危険と判断されて、スパーリングは強制終了した。

「クソッ……ダメだった」

リングを降りた慎二は悔しさを吐き出す。

陽太はすぐに駆け寄ろうとするが、光莉のほうが早かった。すかさず慎二に寄り添って肩を貸した。

「ちょっと大丈夫？」

「すんません……」

ボディ打ちがよほど効いたらしい。足もとがふらついており、光莉の肩に寄りかかるようにしている。

「痛むの？」

「ちょっとだけ……」

慎二は顔をうつむけてつぶやく。

打たれた腹を手で押さえながら、淋《さび》しげな笑みを漏らした。きっと格好いいところを見せて、光莉に告白するつもりだったに違いない。陽太には慎二の気持ちが痛いほどわかった。

「カッコ悪いっすね」

「そんなことない。カッコよかったよ」

光莉はそう言って微笑を浮かべる。

「先輩、やさしいですね。俺、やられたのに……」

「立花に挑戦するだけでもすごいのに、最後まであきらめなかったじゃない。あのアッパー、同じ階級の相手だったら倒れてたよ」

「あざっす……」

慎二は落ちこんでいるが、どこかうれしそうでもある。光莉との距離が一気に縮まったように見えた。

（今度は俺の番だな……）

陽太は心のなかでつぶやいて気合を入れる。

慎二に先を越されたが、自分も格好いい姿を見せたい。このままで終わるつもりはなかった。

「スパーリングお願いできますか」

陽太はリングに歩み寄ると、本城に声をかける。

とたんにジムのなかが静まり返った。全員の視線が陽太に集中する。だが、陽太は気にすることなく本城をにらみつけた。

「同じ階級だから、試合形式でお願いします」

適当に流すようなスパーリングなら意味はない。すべてを出し切る本気の勝負がしたかった。

「ちょっと……」

タイムキーパーをやっていた亜美が慌てて駆け寄ってくる。顔には焦りの色が浮かんでいた。

「なに言ってるのよ。敵《かな》うわけないでしょ」

「どうして、そう思うんだよ」

陽太は即座に言い返す。

確かに本城は強い。だが、同じ人間なのだから、可能性はゼロではない。こちらも必死に練習を積んできた。自分の力を試したい。なにより、本城に勝つ姿を亜美に見せたかった。

「試合形式なんて、危ないからやめて」

亜美が不安げな顔をする。

心配されるのはうれしいが、それは自分が弱いと思われている証拠だ。そういうことなら、なおさら引きさがれない。

「亜美はどっちを応援するんだ」

「それは……」

亜美は言葉を濁して視線を落とす。

本城を目の前にして、答えにくい質問だったかもしれない。それでも、どちらを応援しているのか知りたかった。

「案外、健闘するかもしれないな」

たった今、スパーリングを終えたばかりの和樹がぽつりとつぶやいた。

先日、陽太と拳を交えたことで、成長を感じ取ったのかもしれない。とめられると思っていたので意外だった。

「本当に試合形式でいいんだな」

本城がリングの上から鋭い視線を陽太に向ける。

挑戦を表明されて内心むっとしているのかもしれない。無表情で淡々とした口調になっていた。

「本城先輩、少しは手を抜いてくださいよ」

和樹が慌てたように声をかける。本城が思ったよりも本気になっているのを感じて焦ったのではないか。

「怪我《けが》をされたら困ります」

「キャプテン、ボクシングに怪我はつきものだろ」

「そうですが……」

「本気でやらないと、俺のほうが怪我をするかもしれない。悪いが、手を抜くことはできないよ」

本城の言葉を聞いて、部員たちの間にクスクスと笑いが起きる。

冗談を言ったと思ったらしい。力の差があるのはわかりきっている。陽太がやられることはあっても、本城が怪我をするなどあり得ない。部員たちはそう認識していた。

だが、本城は違うようだ。

ウォームアップのシャドーボクシングをはじめると、鋭いパンチが空気を切り裂いた。

「小暮、おまえ本当にいいのか？」

和樹が真剣な表情で確認する。

陽太は迷うことなく即答した。

「もちろんです」

「そうか……わかった」

険しい表情を浮かべて和樹がうなずく。

危険なスパーリングになる予感がしているのだろう。キャプテンとしては許可したくないが、ＯＢの本城はやる気になっている。先輩に逆らって中止にすることはできなかった。

「ただし一ラウンドだけだぞ」

和樹は条件をつけることで許可を出した。

「亜美、見ててくれ」

決意をこめて告げる。

誰もが無謀な戦いだと思っているだろう。だが、自分だけは信じている。玉砕するつもりなど毛頭なかった。

「陽太くん……」

亜美がうろたえてつぶやいた。

涙目になっているが、とめられないこともわかっているのだろう。それ以上なにも言うことはなかった。

3

異様な雰囲気のなか、陽太はヘッドギアとグローブをつける。

リングにあがって青コーナーに立つ。対角線上の赤コーナーには、同じくヘッドギアとグローブをつけた本城が仁王立ちしていた。

（すごい迫力だ……）

にらまれただけで気圧《けお》されそうになり、思わず両足を踏んばった。

同じ階級なのに体が大きく感じる。自信がみなぎっており、それが圧力となっていた。

「ボックス！」

レフリーの和樹が試合開始を命じる。

陽太と本城はコーナーを出ると、リングの中央で向かい合う。本城が右の拳をすっと差し出す。陽太も右を伸ばして軽くタッチした。

ついに試合開始だ。

本城が体を小刻みに揺らしながらジャブを出す。さすがに速い。慎二が言っていたように、打つ前のモーションがまったくないため、パンチの出はじめが予感できない。

（こういうことか……）

陽太は両手で顎をしっかりガードすると、的を絞らせないように上体を左右に振った。

本城の高速のジャブが、ガードをしたグローブに当たる。

スピードはもちろんだが、パワーもかなりのものだ。普通の選手とは威力が違う。ジャブというより左ストレートだ。こんな強いパンチを連続で打てることに驚かされる。

（まともに喰らったら危ないな……）

そう思った直後、右ストレートが飛んできた。

とっさにガードを固めてグローブの上から受ける。ところが、その一発で腕全体が痺《しび》れた。

（や、やばい……）

危機感が高まり、全身の毛穴から汗がどっと噴き出す。予想はしていたが、この階級では受けたことのない強いパンチだ。

だが、勝てる可能性が消えたわけではない。どこかに必ず穴があるはずだ。懸命にガードして、頭の位置を常に変えつづける。

確かにパンチの威力はあるが、階級が上の和樹とスパーリングをしているので怖さはない。スピードも超一流だが、慎二と対戦した経験が生きている。少しずつだが目がなれてきた。

（直撃さえしなければ……）

フットワークを使って、小刻みにジャブを打つ。

ワンツーだけは自信がある。この一年、徹底的に練習して、体に動きを染みこませたのだ。

だが、まだ右は出さない。

右ストレートはここぞというときに取っておく。とにかくフェイントを織りまぜながら、左ジャブで牽制《けんせい》する。しかし、本城も警戒しており、一発もまともに当てることができない。

（焦るな……絶対にチャンスは来る）

心のなかで自分に言い聞かせる。

焦って打ちにいけば、カウンターの餌食だ。とにかく、左ジャブを打ちつづけて、本城の隙を突くしか勝ち目はない。

そのとき、本城が前に出た。反射的にガードを固める。ところが、ワンツーのタイミングで、右ストレートをボディに打ちこまれた。

「うぐッ……」

マウスピースを吐き出しそうになり、グローブで押しこんだ。

顔をガードすることに気を取られてしまった。それでも、とっさにステップバックしたことで直撃は免れた。

（やっぱり強い……）

気を抜いた瞬間にやられる。

いったん距離を取らないと危険だ。ジャブを放ってフットワークを使う。ところが、チャンスと思ったのか本城が一気に距離をつめてくる。先ほどのボディが効いたと判断したのだろう。

しかし、実際は本城が思っているほどダメージは残ってない。地道なトレーニングで腹筋を鍛えていたのも意味があったのだ。

本城がプレッシャーを強めて前に出る。

ジャブを何発も当てて、右ストレートを顔面とボディに散らされる。強烈な連打だ。端から見たら陽太のピンチに見えるかもしれない。だが、ガードを固めてまともに喰らわない。すると本城はさらに打ってきた。

一ラウンドだけの勝負になったのは、陽太に有利に働くかもしれない。

本城は格下の陽太を倒さなければならない。陽太は一ラウンドだけならスタミナと集中力がつづく。本城の強打にも耐えられる。

だが、顎を直撃されたら一巻の終わりだ。

警戒しすぎてガードを固めるあまり、肩に力が入りすぎていた。これでは速いパンチを打てない。まずいと思うが、気づいたときには全身がガチガチに緊張していた。

本城のパワーを体感したことで、いつしか心の奥底に恐怖が芽生えている。パンチを打たれるのが怖いのではない。顔が腫れるのが怖いのではない。負ける姿を亜美に見られるのが怖いのだ。

そのとき、視界の隅に亜美の姿がチラリと映った。リング下で心配そうな顔をしている。亜美の視線は本城ではなく、陽太に向けられていた。

(亜美、よく見てろよ)

ふいに心がすっと軽くなる。

肩からいい具合に力が抜けていた。これなら速いパンチを打てそうだ。亜美の姿を目にしたことで、心の奥底に芽生えた恐怖が消えていた。

(来い……もっと攻めてこい)

両手のガードをわずかにあげて、わざとボディに隙を作る。

直後に本城が体を沈ませた。罠《わな》にかかったのだ。レバーを狙って強い左を打ってくる。そこに狙い澄ましたワンツーをたたきこむ。右ストレートがカウンターとなって顎を捉えた。

（やった……）

拳に確かな感触があり、本城の体がガクンッと落ちる。

だが、陽太もボディを打たれている。後方によろめいて、そのままロープにもたれかかった。

「ダウンッ！」

和樹の声が響きわたる。

それと同時に部員たちがざわめいた。

本城がリングに片膝をついている。陽太の右ストレートでダウンしたのだ。しかし、なにごともなかったようにすっと立ちあがる。フラつくこともなく、ヘッドギアの間から陽太を見据えた。

右ストレートは完璧に思えたが、わずかにポイントがずれていた。

ヒットする直前、本城がほんの少し頭の位置を動かしたのだ。飛んでくるパンチを見て避けたのではない。自分がパンチを打つときも、必ず頭の位置を変える練習をしているのだ。

(さすがだ……)

陽太はロープに背中を預けたままだ。ボディが完全に効いており、支えがないと立っていられなかった。

「ボックスッ!」

和樹の合図で試合が再開すると、本城があっという間に距離をつめる。

陽太はあきらめることなく懸命にワンツーを放つ。ところが、今度は完全に見切られていた。ダッキングでかわされて、逆にカウンターを当てられる。ブロックする間もなく、顎をきれいに打ち抜かれた。

(しまった……)

そう思った直後に目の前が真っ暗になった。

4

(あれ……)

ふと目を開けると宿の部屋だった。

確か本城とスパーリングをしていたはずだ。それなのに陽太は布団の上で横になっていた。

「気がついたか」

声が聞こえてはっとする。

あたりを見まわすと、窓の前に本城が立っていた。こちらに背中を向けて、日が落ちて暗くなった外を眺めている。ほかには誰もいない。どういうわけか本城とふたりきりだった。

「俺、気を失ってたんですか……」

上半身を起こして、布団の上で胡座をかく。

目眩《めまい》がするのはダウンの影響かもしれない。だが、それは一瞬のことですぐに治った。

「小一時間ってところだな。俺の右ストレートは効いただろ」

本城が振り返り、勝ち誇ったように見おろした。

「小一時間も……」

「ずっと気を失っていたわけじゃないぞ。ダウンしたあと、すぐに意識は戻って普通に受け答えもしてたんだ。でも、脳震盪《のうしんとう》を起こしていたから、記憶が曖昧なだけだよ」

「そうですか……」

「ここに帰ってきてから、自分でシャワーも浴びたんだぞ」

そう言われて自分の服装を確認する。ボクシングの練習着ではなく、普段着の短パンに洗い立てのTシャツを着ていた。記憶にはないが、確かにシャワーを浴びたらしい。

「俺に勝とうなんて、十年早いよ」

本城はそう言って鼻で笑う。

相変わらずいやなやつだ。陽太はボクシング歴が一年半しかないのだから、勝つのは当然ではないか。

「俺に勝ったのがそんなにうれしいんですか」

「そりゃあ、うれしいよ。ボクシングは遊びじゃないんだ。どんな相手でも勝たなければならない。ましてや、これからライバルになる男には、今のうちにひとつでも多く勝っておきたいと思うのは当然だろ」

本城は片頬に笑みを浮かべていた。

「ふざけないでください」

自分を打ちのめした相手になにを言われても心に響かない。からかっているつもりだろうか。

「小暮くんの右ストレート、なかなかよかったよ」

　本城が思い出したようにつぶやいた。

「それは、どうも……」

　すぐに立ちあがったのだから、まったく効いていなかったのだろう。逆に陽太はボディを打たれて完全に効かされたのだ。

「部員たちはキミの右をラッキーパンチだと言っていたけど、俺はそうは思わないな」

「俺にお世辞を言ってもしょうがないでしょ」

「なにを言ってるんだ。あのパンチは俺が教えたワンツーだろ。だったら、いいパンチに決まってるじゃないか」

　遠まわしに自慢をしたかっただけらしい。まじめに話をするのが、馬鹿馬鹿しくなってきた。

「俺はボクシングにラッキーパンチなんてないと思ってるんだ。試合では練習した以上のものは出ない。だから、たまたま当たったように見えるパンチでも、それは練習の賜物《たまもの》ってわけさ」

本城は唇の端に笑みを浮かべたままつぶやいた。

いったい、なにを言いたいのだろうか。陽太を褒めているのか、それとも自慢をしているのか。よくわからなかった。

「ダウンしたんだから、ゆっくり休んだほうがいいぞ。じゃあな」

本城はそう言ってドアのほうに歩いていく。ところが、途中で立ちどまって振り返った。

「そうそう言い忘れてたけど、小暮くんをここに連れてきたのは俺だよ」

それを聞いて、いやな気分になる。

陽太がシャワーを浴びて横になると、念のため目が覚めるまで様子を見ていたのだろう。自分をKOした相手に気遣われたとは屈辱的だ。たとえ事実だとしても知りたくなかった。

「覚えてないみたいだけど、自分で歩けるくらいに回復してたんだ。俺がおんぶして運んだわけじゃないから、礼はいらないぞ」

そう言い残して、ドアノブをつかんだ。

これで、ようやく静かになる。KO負けした直後だ。今はひとりになりたかった。そう思ったとき、再び本城が振り返った。

「そうだ。もうひとつ言い忘れていたことがある」

「なんなんですか」

つい口調がきつくなってしまう。もったいぶった言いかたに、神経を逆撫《さかな》でされた。

「亜美ちゃんにフラれたよ」

本城は真剣な表情になっている。

嘘偽りのない言葉だとわかり、陽太は思わず絶句した。

ふたりが熱い口づけを交わしているのを、陽太は確かに目撃している。それなのにフラれたとはどういうことだろうか。そもそも、それを陽太に報告する理由も謎だった。

「理由は本人に聞いてくれ」

「ま、待ってください。どういうことですか？」

「俺に言わせるなよ。負けを認めるのは苦手なんだ」

本城はそう言い残して部屋から出ていく。

ひとり残された陽太は、わけがわからずぽかんとしていた。

スパーリングでは本城に完敗だった。それでも、なんとかダウンを奪うことはできた。一年前の自分だったら、あり得ないことだ。少しは成長したと思っていいのではないか。

だが、亜美のことはわからない。本城がフラれたのが事実だとしても、どこか様子がおかしかった。

「よう、調子はどうだ？」

いきなり部屋のドアが開いて慎二が入ってきた。

慎二も和樹とのスパーリングでダメージを受けているはずだが、意外にも表情は明るかった。

「もう大丈夫だよ」

「そうか。それならよかった」

慎二はそう言って、布団の横に腰をおろす。胡座をかくと、陽太の顔をまじまじと見つめた。

「顔はほとんど打たれてないみたいだな」

「ああ……効いたのはボディと最後の一発だけだ」

「さすがだな」

慎二が感心したようにうなずく。

だが、陽太はダウンさせられて失神したのだ。誰の目から見ても、完全なる敗北だった。

「どこがさすがなんだよ」

「おまえじゃなくて本城先輩のことだよ」

今さらなにを言っているのだろうか。

なにしろ本城は全日本を三連覇しているアマチュアエリートだ。陽太をKOしたところで驚きはないはずだ。

「俺に勝つのなんて当然じゃないか」

「勝ったことじゃなくて、本城先輩の慧眼《けいがん》がさすがだって言ってるんだ」

ますます意味がわからない。陽太が憮然《ぶぜん》として黙りこむと、慎二が得意げに語りはじめた。

「一年前の夏合宿を覚えてるか。本城先輩はあのときから、陽太に目をつけていたんだ」

「もちろん覚えてるさ。俺は目の敵にされてたからな」

ほかの部員たちの前で怒られて、いやな思いをした。

それだけではなく、夏合宿が終わったあとも厳しかった。わざわざ和樹に命じて、何か月もシャドーしかやらせてもらえなかった。

「わかってないな。本城先輩はおまえの潜在能力を見抜いてたんだ。だから、基礎を徹底的にやらせたんだぞ」

「そんなわけないだろ」

「いや、間違いない。去年の夏合宿で本城先輩とキャプテンが話しているのを聞いたんだ。小暮くんは絶対に伸びるから、俺の考えた練習メニューだけをやらせるようにって」

「本城先輩が……ウソだろ」

にわかには信じられない。

一年前の陽太はあまりにも基礎がなっていなかったので、呆《あき》れられたのだろうと思っていた。

「ウソだと思うなら、光莉先輩にも聞いてみろよ。小暮くんはいずれ俺のライバルになるって言ってたらしいぞ」

「まさか……」

つい先ほど陽太も耳にしている。確かに本城は「ライバル」という言葉を口にしていた。

「どうして今まで黙ってたんだよ」

「本城先輩にいろいろ言われてむっとしたかもしれないけど、必死に練習してただろ。取り組む姿勢が変わったんだ。だから、よけいなことは言わないほうがいいと思ったんだ」

「俺のために……」

「まあ、そういうことだ」

慎二はヘラヘラ笑っている。

基本的にまじめな話はしたがらない性格だ。しかし、今日は陽太につき合ってくれているのだろう。

（それにしても、俺がライバルって……）

思わず黙りこんで首をかしげる。

今ひとつ釈然としない。本城の指導で練習方法を改善した。基礎から徹底的にやり直すことで、少し前進できたと思っている。ライバルになり得ると考えていたなら、どうして指導したのだろうか。

「おかしくないか。本城先輩と俺は同じ階級なんだぞ」

「あの人、元キャプテンだからな。後輩の指導をするのは当たり前だと思ってるんじゃないか。結構、大学のボクシング部には愛着があるらしいぞ。うちの部に寄付金が集まるのは、本城先輩が積極的に呼びかけてくれたからだって、光莉先輩が言ってたよ」

そう言われて思い出す。

本城のおかげでチャーターバスに乗れるし、部室のボクシング用品もスポーツメーカーから提供されているのだ。

「俺、本城先輩のこと誤解してたかも……」

陽太はぽつりとつぶやいた。

ボクシングが強くて二枚目で、しかもそれを自覚している。なにかと人を見くだす、いやなやつだと思っていた。

「後輩思いの先輩らしいぞ。あっ、でも女にはだらしないって、光莉先輩が言ってたな」

「おまえ、さっきから光莉先輩、光莉先輩って、いつからそんなに光莉先輩と仲よくなったんだよ」

陽太が指摘すると、慎二はうれしそうに笑う。

「じつは、俺にもついに春が来たんだ」

「まさか告白したのか？」

「おうよ！」

「マジかよっ」

つい声が大きくなる。慎二がやけに元気な理由がわかった。

慎二と光莉は相性が合う気がした。だから今朝、慎二を煽ったのだが、こんなに早く結果を出すとは驚きだ。

「あの光莉先輩と……速攻だな」

「先手必勝だよ。ボクシングも恋愛も積極的に行かないとな」

慎二が得意げに語る。

これまで連戦連敗だったが、大きな一勝ですべてをひっくり返した。今の慎二に勝てる者はいないのではないか。いつもおちゃらけていた親友が、急に輝いて見えた。

「そうか、よかったな」

「サンキューな。そういうことだから、今夜、俺は光莉先輩の部屋に泊まることになった」

慎二はとんでもないことをさらりと言う。

合宿中に女子の部屋を訪れることは固く禁じられている。それを堂々と破るつもりらしい。

「光莉先輩もＯＫしてるのか？」

「当たり前だろ」

「でも、光莉先輩の部屋には……」

脳裏に亜美の顔が浮かんだ。

慎二は浮かれているが、光莉の部屋には亜美もいるのだ。光莉は了承しているというが、どうするつもりなのだろうか。

「心配するな。亜美ちゃんの前では、なにもしないよ」

「おまえな……」

「亜美ちゃんには、この部屋に来てもらう。そうすれば、なにも問題はないだろう。そういうことだから、よろしく頼むな」

慎二はそう言って立ちあがり、部屋から出ていこうとする。このまま朝まで戻らないつもりらしい。

「ちょっと待て。問題はあるぞ」

慌てて慎二に声をかける。

「亜美とふたりきりで朝まで過ごせっていうのかよ」

「そうだよ。光莉先輩に言われて、もうすぐ亜美ちゃんがここに来る。おまえが朝まで引きとめるんだ」

「引きとめるって、どうやって？」

「それは自分で考えろよ」

慎二の無責任な発言に呆れてしまう。だが、光莉もかかわっているとなると文句を言えなかった。

「俺と光莉先輩が結ばれるチャンスなんだ。頼むから応援してくれよ」

急に慎二が顔の前で両手を合わせて懇願する。

そんなことを言われると困ってしまう。親友の恋を応援したい気持ちは、もちろんある。しかも、光莉に口で愛撫《あいぶ》してもらったという秘密があり、なんとなく強く出ることができなかった。

「なっ、陽太。こんなこと頼めるの、おまえしかいないんだよ」

「わ、わかったよ……」

勢いに押されて、ついうなずいてしまう。

「でも、朝まではさすがに……」

「できる範囲でいいから」

慎二は手を合わせたまま顔をあげようとしない。

ふだんは頼みごとなどしない慎二が、懸命に頭をさげているのだ。とてもではないが断れなかった。

5

慎二が出ていって数分後、ドアをノックする音が聞こえた。

「どうぞ……」

陽太は布団の上で胡座をかいたまま声をかける。

すると、ドアがゆっくり開いて、亜美が顔をのぞかせた。グレーのスウェットパンツに白いTシャツというラフな服装だ。手には食事が載ったトレーを持っていた。

「これ、晩ご飯。光莉先輩が届けてあげなさいって」

「おおっ、ありがとう」

陽太は慌てて立ちあがり、ドアの前でトレーを受け取った。

脳震盪を起こしていたため、晩ご飯を食べそびれたのだ。そのことに今の今まで気づかなかった。

「体調、どうなの？」

亜美が心配そうな顔をする。

「大丈夫だよ」

陽太は努めて笑顔で答えた。

実際、ダウンのダメージは残っていない。ここに戻るまでの記憶は曖昧だが、とくに問題はなかった。

「無理していない？」

「うん、まったく」

力強くうなずくと、亜美はようやくほっとした表情を浮かべた。

「よかった。じゃあね」

「ちょ、ちょっと待て」

背中を向けようとした亜美を慌てて呼びとめる。

亜美を部屋に戻すわけにはいかない。慎二と約束したのだ。さすがに朝までは無理だとしても、せめて一、二時間は引きとめたかった。

「お、俺、今から飯を食うんだ」

とっさに頭に浮かんだことを口にする。

亜美が来るのが思いのほか早かった。そのため、引きとめる口実を考える時間がなかったのだ。

「ほ、ほら、ひとりで飯を食うのは淋しいだろ」

「うん……」

「慎二もいないし、誰かいてくれたら助かるかなって……」

自分で言っておきながら、苦しい口実だと思う。それでも、懸命に目で訴えかけた。

「でも、男子の部屋に入ったらいけないことになってるから……」

亜美がぽつりとつぶやく。

確かに異性の部屋に入ってはいけない規則だ。だが、それを守っていたら引きとめることはできない。

「亜美はマネージャーだろ。俺、ダウンしてるんだぜ。部員の健康管理も仕事のうちだろ」

「どうしたの?」

「でも……」

「俺は亜美にいてほしいんだよ」

懸命に訴えると、亜美は驚いた顔をする。そして、見るみる頬を赤く染めるとこっくりうなずいた。

「陽太くんがそこまで言うなら……」

「お、おう、助かるよ」

亜美が照れるから、こちらまで調子が狂ってしまう。顔が熱くなるのを自覚しながら、とにかく亜美を部屋に招き入れた。

食事の載ったトレーを座卓に置くと、陽太は布団の上に腰をおろす。亜美には座布団を勧めた。

「食べないの？」

亜美はすぐ目の前で横座りしている。体調を確認しようと思っているのか、陽太の顔をじっと見つめていた。

「あとで食べるよ」

視線をそらしてつぶやく。亜美とふたりきりだと思うと、緊張で食事どころではなかった。

「食欲ないの？」

「そういうわけじゃないけど……」

「だって、顔が赤いよ。熱があるんじゃない？」

亜美が手を伸ばして陽太の額に触れる。

柔らかい手のひらの感触にドキドキして、ますます顔が熱くなっていく。こんなことをされたら、具合が悪くもないのに熱が出てしまいそうだ。

「大丈夫だよ」

陽太は体を引いて、亜美の手を額から離した。この際なので、確認しておきたいことがあった。

「さっき、本城先輩から聞いたんだけど……亜美にフラれたって」

「陽太くんに話しちゃったんだ」

亜美は気まずそうにつぶやくと、視線をすっと落とした。

「ほかにもなにか聞いた？」

「いや、それだけ。どういうことなのかなと思って」

「じつはね……前から本城先輩に交際を申しこまれてたの……」

亜美は小声でぽつりぽつりと語りはじめた。

以前からアプローチされていたが、そのたびに断っていたという。ところが本城はなかなかあきらめなかったらしい。

「すごくしつこくて、それで……」

なにかを言いかけて口を閉ざした。

よほど言いにくいことがあるらしい。陽太は急《せ》かすことなく、黙って亜美が口を開くのを待った。

「それでね、この間……強引にキスされたの。わたし、びっくりして動けなくなっちゃって……」

亜美はつらそうに顔を歪めてつぶやいた。

おそらく、それを陽太が目撃したのだろう。亜美は我に返って突き放すと、本城の顔を思いきり平手打ちしたという。

「えっ、たたいたの？」

「つい反射的に……」

亜美は恥ずかしげに肩をすくめる。

てっきり、ふたりは盛りあがってキスしているのだと思った。勝手にラブラブだと決めつけて落ちこんでいたのだ。ところが、あのあと平手打ちをしていたとは思いもしなかった。

本城なら平手打ちなど楽にかわせたはずだ。

だが、あえて避けることなく、わざとたたかれたのだろう。強引にキスをした手前、避けるのは違うと思ったのではないか。なんの根拠もないが、本城ならそうする気がした。

「次の日、海水浴だったんだけど、あの人、しつこくて……」

亜美の言葉で思い出す。

ビキニ姿の亜美に、本城が寄り添っていた。あれは仲よく歩いていたわけではなく、本城がつきまとっていただけだったのだ。前日に平手打ちされたにもかかわらず、あきらめきれなかったのだろう。

「でも、もう一度断ったの。ほかに好きな人がいますって」

亜美はそう言って、耳までまっ赤に染めあげる。

好きな人とは、いったい誰だろうか。

ここまで来たら、今すぐ気持ちを伝えるしかない。亜美が誰かのものになってしまったら告白すらできなくなる。アタックしないでフラれるのは悲しい。下手をしたら本城に取られていた可能性もあったのだ。

本当は関東ブロック予選で優勝してからと思っていたが、そんなことを言っている場合ではない。

「亜美……俺の話を聞いてくれ」

陽太があらたまって話しかけると、亜美は緊張ぎみにうなずいた。

「本当は勝って言いたかったんだ。どうしても、亜美にカッコいいところを見せたかった。結果は完敗だったけど……」

「ううん、カッコよかった。陽太くん、すごくカッコよかったよ。わたし、知ってるよ。陽太くんが誰よりも練習していたこと」

亜美がうれしいことを言ってくれる。

その言葉が陽太の胸にじんわりとひろがっていく。心が沸き立ち、全身に勇気がみなぎった。

本城からダウンを取れたのも亜美のおかげだ。あのとき、亜美の姿が視界の隅に入ったことで、恐怖心を克服できた。試合には負けてしまったが、陽太にとって亜美は勝利の女神だ。

「本城先輩には負けちゃったけど……これから、もっともっと強くなる。そして今度こそ本城先輩に勝つつもりだ」

そこでいったん言葉を切ると、気持ちを落ち着かせる。

だが、心臓の鼓動は激しさを増す一方だ。いくら深呼吸しても治まってくれない。それどころか亜美にも聞こえるのではないかと思うほど、バクバクと大きな音を立てていた。

「だから……だから、俺のことを応援してほしい。ずっと好きでした。つき合ってくださいっ」

最後は勢いにまかせて一気に言いきった。

沈黙が流れて息がつまる。亜美は驚いたように目を見開き固まっていた。表情からは気持ちが確認できない。陽太も動きをとめて、亜美が口を開くのを待ちつづけた。

「は、はい……」

どれくらい時間が経《た》ったのだろうか。亜美が瞳を涙で潤ませながら、返事をしてくれた。

「わたしも、陽太くんが好き。ずっと好きだったの」

亜美の目から涙が溢《あふ》れて頬を伝い落ちる。

まさかそんな言葉を聞ける日が来るとは思わなかった。夢を見ているだけではないか。不安になって亜美の手をそっと握った。

6

「亜美……」

「陽太くん……」

陽太が呼びかければ、亜美も名前をささやいてくれる。視線が重なり、思わず照れ笑いが漏れた。

そのまま手をそっと引けば、亜美は抗《あらが》うことなく陽太の胸板に寄りかかる。身体を抱きしめると、ようやく実感が湧きあがった。

「亜美、好きだよ」

耳もとでささやけば、亜美が顔をそっと上向かせる。

睫毛《まつげ》をそっと伏せた顔が愛らしい。これは口づけを待つ仕草だ。陽太は緊張しながら唇をそっと重ねた。

「ンっ……」

亜美の唇が微《かす》かに震えている。

蕩《とろ》けるように柔らかくて繊細だ。軽く触れているだけで、うっとりした気分になる。

（亜美とキスしてるんだ……）

感動と興奮が全身にひろがっていく。

これが陽太のファーストキスだ。セックスもフェラチオも経験しているが、キ
スは亜美のために取ってあった。本当に好きな人と経験できて、心から喜びがこ
みあげた。

「陽太くん、ごめんね」

唇を離すと、亜美が淋しげにつぶやいた。

「どうして謝るの？」

「はじめてのキス、あげられなかった」

その言葉で理解する。

ファーストキスは本城に奪われてしまったのだろう。だからこそ、亜美はショ
ックを受けて平手打ちをしたに違いない。

「俺は気にしてないよ。亜美のほうこそ、つらかったな」

「大丈夫……陽太くんと、今こうしてキスできたから……」

口ではそう言いつつ、瞳の奥には淋しさが滲《にじ》んでいる。

それなら、本城がやらなかった情熱的なキスを交わそうと思う。過去の記憶を塗り変えるような激しいキスがしたかった。

「亜美……んんっ」

再び唇を重ねると、舌を伸ばして亜美の口内に挿し入れる。

はじめてのディープキスだ。経験はなくても、なんとなくやり方はわかる。歯茎や頬の内側の柔らかい部分を舐《な》めまわして、奥で縮こまっている舌をからめとった。

「はンンっ……」

亜美がとまどいの声を漏らす。

それでも、拒絶しているわけではない。顔を上向かせたまま、すべてを陽太にゆだねている。そんな亜美が愛《いと》おしくてならない。柔らかい舌を唾液ごとジュルジュルと吸いあげた。

「あンっ……あふンっ」

亜美が眉をせつなげに歪めて甘い声を漏らす。そして、遠慮がちに陽太の舌を吸い返してくれた。

（ああっ、亜美、最高だよ）

キスだけでこれほど高まるとは知らなかった。

舌をからめて唾液を何度も交換すれば、頭のなかが燃えあがったように興奮する。何時間でもキスをしていたい衝動に駆られて、メイプルシロップのように甘い唾液を吸いつづけた。

「す、すごい……」

唇を離すと、亜美がうっとりした顔でつぶやく。呼吸が乱れており、目の下が桜色に染まっていた。

「わたし、こんなのはじめて……」

「俺もだよ」

見つめ合ってささやけば、さらに気分が盛りあがる。

こうなったら、行きつくところまで行きたい。今すぐ身も心もひとつになりたかった。

強く抱きしめて、首スジに唇を押し当てる。とたんに女体がビクッと敏感に反応した。

「あっ……ま、待って」

亜美が困惑の声を漏らして身をよじる。顔を見ると、今にも泣き出しそうな表情になっていた。

「ごめん……いきなりすぎたね」

心の準備ができていなかったのかもしれない。そう思って謝罪するが、亜美は首を小さく左右に振った。

「そうじゃないの……わたし、はじめてだから……」

拒んだわけではないらしい。

抱かれたいが、はじめての怖さもあるのだろう。亜美は腕のなかで微かに震えていた。

「俺にまかせてくれ」

陽太は勇気づけるようにささやく。

だが、セックスの経験は一度しかない。しかも、騎乗位だったので、陽太は仰《あお》向《む》けになっていただけだ。

（焦るな……きっと大丈夫だ）

心のなかで自分に言い聞かせる。

なんとか亜美をリードして、ひとつになりたい。そうすることで、亜美を自分だけのものにしたかった。

「鍵、かけなくて大丈夫？」

「そうだな」

陽太はいったん立ちあがると、ドアの鍵をかけた。

「慎二くんが戻ってきたら、どうするの？」

「あいつは戻ってこないと思う。今ごろ光莉先輩といっしょにいるはずだよ」

「もしかして……」

「うん。つき合うことになったんだってさ」

考えてみれば、今日、二組のカップルが誕生したことになる。向こうは向こうで盛りあがっているはずだ。

「そうなんだ。なんだか、とっても幸せな日ね」

亜美が柔らかい笑みを浮かべる。

気持ちがほぐれたところで、亜美のTシャツをまくりあげて、頭からそっと抜き取った。すると、白いブラジャーに包まれた乳房が露《あらわ》になる。レースがあしらわれたかわいいブラジャーが、亜美によく似合っていた。

「恥ずかしい……」

亜美の顔がまっ赤に染まる。

羞恥にまみれた表情が、陽太の興奮を煽り立てて、トランクスのなかのペニスが大きくふくらんだ。

「すごくかわいいよ」

声をかけながらスウェットパンツを引きさげる。つま先から抜き取れば、ブラジャーとセットの白いパンティが現れた。

これで亜美が纏《まと》っているのは、ブラジャーとパンティだけになった。いつも甲《か》斐《い》甲《が》斐《い》しく部員たちの世話をしている女子マネージャーが、陽太の目の前で下着姿になって横座りしているのだ。

（ああっ、俺だけの亜美……）

新たな興奮が湧きあがる。

恥じらう女体を抱きしめると、背中に両手をまわしてブラジャーのホックをはずす。カップをずらすと、お椀《わん》を双《ふた》つ伏せたような張りのある乳房が剝《む》き出しになった。

（なんてきれいなんだ……）

思わず両目をカッと見開いた。

魅惑的な白いふくらみが揺れている。なめらかな曲線の頂点には、薄ピンクの乳首がちょこんと載っていた。

「そ、そんなに見ないで……」

亜美は涙目になっている。

男に見られれのがはじめてなので、恥ずかしいのは当然だ。自分の身体を抱きしめて乳房を覆い隠した。

じっくり愛撫するべきかもしれないが、陽太にそんな余裕はない。

亜美の身体を布団の上に押し倒すと、すかさずパンティに指をかけて引きおろす。一気につま先から抜き取れば、陰毛がうっすらとしか生えていない恥丘が露出した。

（こんなに薄いんだ……）

陰毛が薄いため、白い地肌が透けている。

前のめりになって凝視すると、亜美は内腿《うちもも》をぴったり寄せて右手で恥丘を覆い隠した。

「ダ、ダメ……恥ずかしいよ」

そうやって恥じらう姿が、ますます陽太を昂《たかぶ》らせる。

急いで服を脱ぎ捨てると裸になった。ペニスはすでに勃起しており、これでもかと張りつめている。亜美の視線がからみつくことで、ますます激しくそそり勃《た》った。

「こ、こんなに大きいの？」

ペニスをナマで見るのは、これがはじめてらしい。

亜美は驚きの声を漏らして凝視する。自分の身体に入ると思うと恐ろしくなったのか、頬の筋肉がこわばった。

「大丈夫だよ。心配ないから」

陽太は添い寝をすると、亜美の頬にキスをする。

なんとか安心させたくて頭をそっと撫《な》でた。すると、亜美は潤んだ瞳で陽太を見つめる。覚悟はできているのか、緊張しながらも小さくうなずいた。

（あ、慌てるな……）

自分に言い聞かせて、乳房をそっと揉《も》んでみる。

信じられないほど柔らかい。指がどこまでも沈みこむのが気持ちいい。先端で揺れる乳首は軽く撫でただけで、充血してぷっくり隆起する。摘《つ》まんでみると適度な弾力があり、思わずクニクニと転がしていた。

「あっ……ダ、ダメ……」

亜美の唇から微かな声が漏れる。

はじめての感覚にとまどっているが、いやがっているわけではない。腰をくねらせて、内腿をモジモジと擦《こす》り合わせていた。

「乳首が気持ちいいんだね」

声をかけながら、屹立《きつりつ》した乳首に顔を寄せる。そして、舌を伸ばすとペロリと舐めあげた。

「ああンっ、そ、そんなこと……」

亜美の唇から甘ったるい声が漏れる。同時に腰がピクッと跳ねあがった。

経験はなくても身体はしっかり反応するらしい。それならばと、陽太は女体に覆いかぶさり、両膝に手をかけた。

「ま、待って……ああっ」

亜美の声を無視して、膝を左右に割り開く。すると、ミルキーピンクの愛らしい陰唇が露になった。

（こ、これが、亜美の……）

乳首の愛撫で感じたのか、すでにしっとり濡《ぬ》れている。

割れ目から透明な汁が湧き出して、二枚の花弁を潤しているのだ。女の源泉を目の当たりにしたことで、陽太の欲望は一気にふくれあがった。

「あ、亜美っ」

勃起したペニスの先端を膣口《ちつこう》に押し当てる。正常位の経験はないが、とにかく見よう見まねで挿入を試みた。

「ああッ、こ、怖いっ」

亜美が訴えた直後、亀頭が膣口に吸いこまれる。そして、すぐに弾力のある膜にぶつかった。

(これが、処女膜か……)

緊張感が高まる。

体重を浴びせながら、徐々に力をこめていく。亜美が苦しげな顔をするが、ここは心を鬼にするしかない。さらに体重をかけると、亀頭がズブッと奥まで入りこんだ。

「ひううッ」

亜美の唇から裏返った声が漏れる。

ついに処女膜を破り、ふたりの性器が深い場所までつながった。身も心もひとつになったのだ。

（や、やった……やったぞ）

腹の底から悦《よろこ》びがこみあげる。

亜美は涙を流しているが、それでも笑みを浮かべていた。破瓜《はか》の痛みと、好きな人とつながった悦びが同居しているのだろう。

「俺たち、ひとつになったんだ」

「う、うれしい……」

亜美はそう言ってくれるが、声はつらそうだ。

「抜こうか。俺は大丈夫だよ」

「抜かないで……最後までしてほしいの」

途中でやめることは望んでいない。記念すべきはじめてのセックスなので、最後まできちんとしたいのだろう。

「それじゃあ、ゆっくり動くよ」

陽太は速く動かしたいのをこらえて、スローペースで腰を振る。

「あううッ……な、なかで動いてる」

亜美がかすれた声でつぶやいた。

ペニスをじわじわと引き出しては、再び根もとまで押しこんでいく。まるでカタツムリが這うような速度だが、それでも自分でしごくときとは比べものにならない快感がひろがった。

「あ、亜美っ……くううッ」

速く動かしたい気持ちを懸命に抑えて、スローペースの抽送を心がける。とにかく、亜美を苦しめたくなかった。

やがて膣の奥から愛蜜が分泌されて、ペニスの動きがスムーズになる。ヌルヌルと滑るように動いて、快感のレベルがさらにあがった。

「ううッ、す、すごい……」

「な、なんかヘンな感じ……あンンッ」

亜美の声に甘い響きがまざりはじめる。

はじめてのセックスだが、多少なりとも快感が湧き起こっているのかもしれない。こうしている間も愛蜜の量が増えており、ペニスの動きに合わせて膣道がウネウネとうねりはじめた。

「き、気持ちいい……くううッ」

唸りながら腰を振る。ゆっくり動かそうとするが、少しずつスピードがあがってしまう。

「あッ……あッ……」

「こ、腰がとまらない……ううッ」

「ああッ、そ、そのまま最後まで……」

亜美の声に導かれるまま腰を振りたくる。ペニスをヌプヌプ出し入れすると、瞬く間に快感が高まった。

「うううッ、も、もう出そうだっ」

上半身を伏せて、亜美の身体をしっかり抱きしめる。亜美も下から両手をまわすと、強くしがみついた。

「あああああッ、陽太くんっ」

ふたりの身体が密着することで、一体感がさらに高まる。

抱き合ったまま腰を振り、快楽に溺れていく。そして、ペニスを深く突きこんだ瞬間、ついに絶頂の波が押し寄せた。

「くうううッ、で、出るっ、おおおおッ、おおおおおおおおおおッ！」

「ああああッ、陽太くんっ、はあああああああああッ！」

陽太が快楽の呻《うめ》き声を轟《とどろ》かせると、亜美も甘い声を響かせる。思いの丈を注ぎこむことで、ふたりの絆《きずな》がより深まる気がした。

愛する人とのセックスが、えも言われぬ快楽を与えてくれる。この世のものとは思えない愉悦の海を漂いながら、亜美を抱きしめて唇を重ねた。

「ううンっ、陽太くん……好き……好き……」

何度もささやいてくれるから、心が震えるほどの感動がこみあげる。

亜美の応援があれば、もっと強くなれるはずだ。

関東ブロック予選で優勝して、全日本ボクシング選手権に出場する。勝ち進んだ先には本城が待っているはずだ。

そう簡単に勝てる相手ではないとわかっている。だが、何度でも挑戦するつもりだ。

そして、いつの日か本城をノックアウトして、亜美と勝利の喜びを分かち合うと心に誓った。

実業之日本社文庫 は6 17

ぼくの女子《じょし》マネージャー

2024年6月15日　初版第1刷発行

著　者　葉月奏太《はづきそうた》

発行者　岩野裕一
発行所　株式会社実業之日本社
〒107-0062　東京都港区南青山 6-6-22 emergence 2
電話［編集］03(6809)0473［販売］03(6809)0495
ホームページ　https://www.j-n.co.jp/
DTP　ラッシュ
印刷所　大日本印刷株式会社
製本所　大日本印刷株式会社

フォーマットデザイン　鈴木正道（Suzuki Design）

ISBN978-4-408-55893-6（第二文芸）